MES

PREMIÈRES ANNÉES

DE PARIS

EN PRÉPARATION :

FAUST

PARIS. — J. CLAYE, IMPRIMEUR, 7, RUE SAINT-BENOIT. |1743|

AUGUSTE VACQUERIE

MES

PREMIÈRES ANNÉES

DE PARIS

M · L

PARIS

MICHEL LÉVY FRÈRES, ÉDITEURS

RUE AUBER, 3, PLACE DE L'OPÉRA

LIBRAIRIE NOUVELLE

BOULEVARD DES ITALIENS, 15, AU COIN DE LA RUE DE GRAMMONT

1872

A PAUL MEURICE

Je ne te donne pas ce livre, il t'appartient.
C'est mon vertige au bord de la ville où tout vient;
C'est ce qu'a fait de moi Paris; c'est ma croissance;
C'est tout le tourbillon de mon adolescence,
Mon travail, mon amour, ma colère, ma foi;
C'est moi : tu vois donc bien que ce livre est à toi.

A. V.

Octobre 1872.

1

LIVRE PREMIER

I

EN ARRIVANT

Tu ne t'aperçois pas du nouvel arrivé
Qui ce matin, Paris, erre sur ton pavé.
Qu'est-ce qu'un pauvre enfant venu de son village
Pour toi qui, plus nombreux que les flots de la plage,
Vois se ruer sans cesse à tous tes escaliers
Les flots des visiteurs et ceux des écoliers?
Que suis-je pour la ville à qui tout grand artiste,
Célèbre ailleurs, s'en vient demander s'il existe?
Nul, à quelque hauteur que son nom ait monté,
Ne croit en soi s'il n'a chez toi droit de cité;

Tous, de partout, anglais, espagnol, belge, russe,
Rossini, d'Italie, et Meyerbeer, de Prusse,
Ils viennent s'exposer à ton accueil chanceux,
Et font de toi leur ville, expatriés chez eux.
Quand la grande cité ne l'a pas faite sienne,
Leur œuvre est dans la nuit. La gloire est parisienne.

Ville du genre humain, je ne viens pas comme eux
Te faire contrôler un nom déjà fameux.
Ville qui dis les mots que le monde répète,
Je ne t'arrive pas avec une œuvre faite
Qui tremble en attendant ton *oui :* je viens à toi
Avec une œuvre à faire, — et cette œuvre, c'est moi !
Je ne suis qu'une ébauche, une forme incomplète
Où s'entrevoit à peine un semblant de poëte,
Un rêveur commencé par les flots et les bois.
Je suis né sur le bord du fleuve que tu bois,
Mais tout près de la mer, et mon enfance est pleine
De voiles où le vent souffle sa forte haleine
Et qui vont bravement vers les pays lointains.
J'ai dans les yeux le ciel, les couchants, les matins,
Le profond océan où sombre la pensée,
Les grands horizons. Puis Rouen et son lycée
Ont jeté là-dessus des prix de vers latins.
Je viens chez toi n'ayant encor que des instincts,
Dans l'état où m'ont mis la nature et Virgile.
Termine-moi ! pétris à ton gré mon argile,

Retouche, développe, accéntue, agrandis
Mon front provincial jusqu'aux rêves hardis!
Pour toi j'ai tout quitté, mère, père, sœur, frère.
Je ne t'apporte rien que l'ardeur de bien faire,
L'amour du vrai, des yeux que le beau fait pleurer,
Un immense besoin de croire et d'admirer
Et de glorifier ceux que l'avenir nomme.

Donc, prends-moi, ville! et fais de cet enfant un homme.
Et, comme un fils pieux qui, lorsqu'il devient grand,
Reconnaît ce qu'il doit à sa mère et lui rend
En tendresse, en bien-être, en fierté maternelle
Ses soins et la tiédeur divine de son aile,
Puissé-je un jour, pour prix des soins qui me feront,
Ajouter une feuille au laurier de ton front !

II

O femmes! reines par la grâce,
De quel acier et de quel art
Peut-on se faire une cuirasse
Que vous ne perciez d'un regard ?

L'épée aveugle et triomphale,
O frêle cil, tu la rompras.
Hercule file aux pieds d'Omphale.
Les yeux sont plus forts que les bras.

Tout cède, empereur comme pâtre.
Brusquement, dans les flots ouverts
Par la fuite de Cléopâtre
Antoine jette l'univers.

Bien, femme ! L'humanité pousse
Des éclats de rire moqueurs
Quand l'ongle rose de ton pouce
Fait plier le cou des tueurs.

Venge-nous du meurtre ! agenouille
A tes pieds les hommes du fer !
Transforme leur glaive en quenouille !
Jette leur sceptre dans la mer !

Tâche, amour, qu'elle soit prochaine
L'heure où la guerre aura cessé,
Et qui renfoncera la haine
Dans les cavernes du passé.

Abolis tout ce qui nous blesse,
Amour ! Il est temps de te voir
Faire un droit de toute faiblesse
Et de toute force un devoir !

III

A PAUL M.

Quand, dans les bois charmants dont Villequier s'ombrage,
Quand, au Havre, parmi les souffles de naufrage,
Je rêvais d'habiter ce grand Paris, — l'aimant
Qui m'y précipitait irrésistiblement,
Ce n'était pas le corps de Paris, mais son âme;
Ce n'étaient pas ses quais sans marée et sans lame,
Ni le soleil couchant éteignant son tison
Derrière l'Arc, chenêt du grand âtre horizon,
Ni ses jardins où pousse une maigre tulipe,
Ni le besoin de voir passer Louis-Philippe,
Car il a de tout temps été mince pour moi
Le divertissement de voir le nez d'un roi,

Ce n'était pas la Bourse où c'est l'honneur qu'on joue,
Ni le pouvoir, toujours ramassé dans la boue,
Ni ton turf assommant, champ de Mars, ni tes eaux,
Versailles, ni, Meudon, tes bois et tes oiseaux
Moins verts et moins chanteurs que ceux dont tu me frustres.
Ni les bals où les yeux brillent plus que les lustres,
Ni le vieux carnaval blême avec tout son fard,
Ni les soupers, ni les omnibus, — c'était l'art;
C'était, loin du fracas et loin du choc des verres,
Le groupe fraternel des écrivains sévères;
Causer avec les voix dont le monde est l'écho
Était mon but; Paris, c'était surtout Hugo.
Mes monuments, mes parcs, mes princes et mes femmes,
C'étaient ses vers, c'étaient ses romans et ses drames;
Les tours de Notre-Dame étaient l'H de son nom!
Tu dois te rappeler, ô mon vieux compagnon,
Ma joie et mon orgueil quand il daigna m'écrire.
C'est lui que je venais habiter, à vrai dire,
Et mon rêve eût été de louer en garni
Une scène au cinquième étage d'*Hernani*.

Ce fut ma bienvenue et mon bouquet de fête
De te trouver logé dans le même poëte.
Notre amitié naquit de l'admiration.
Et nous vécûmes là, d'art et d'affection,
Habitants du granit hautain, deux hirondelles.
Et nous nous en allions dans l'espace, fidèles

Et libres, comprenant dès notre premier pas
Qu'on n'imitait Hugo qu'en ne l'imitant pas.

Car ce que nous aimions en lui, c'était lui-même,
Certes, le bâtisseur d'un éternel poëme,
Mais ce n'était pas moins notre émancipateur !
Quand il vint, le poëte était le serviteur
D'une formule ; tous, petits, grands, les espiègles,
Les terribles, portaient l'uniforme des règles,
Et tous se ressemblaient. Le drame dit : — Que tous
Diffèrent ! n'imitez personne ! habillez-vous
A votre mode ! l'art n'est pas une livrée ! —
Le drame émancipa la pensée enivrée.
Et ce fut un scandale ! On n'eut plus qu'une loi,
La nature ; on commit ce crime d'être soi !
Les populations virent d'horribles choses :
Le rosier se mettant à produire des roses,
La levrette à courir et la source à couler !
Et l'inspiration en tous sens put souffler,
Et dans son propre choix l'idée eut confiance,
Et l'art, au lieu d'un code, eut une conscience !

C'est pourquoi nous aimions ce maître avec fierté,
Car son vrai nom pour nous, c'était la liberté !

IV

Vous prenez plus de fois le crayon et l'aiguille
Par la pluie et le vent de cet affreux été
Qui, comme un dogue noir collé contre une grille,
Lèche tout glapissant votre seuil attristé.

Moi, je bénis le vent dont votre vitre tremble :
C'est à lui que je dois ce gracieux portrait
De votre enfant, si vrai sous le verre qu'il semble
Qu'en le voulant un peu son geste en sortirait.

Je m'ennuyais chez moi; j'en fuyais, par la pluie,
Abandonnant Sophocle et Dante à moitié lus.
Mais quand ce doux portrait me tiendra compagnie,
Je vais dans mon grenier vivre comme un reclus.

Et le mal s'en ira devant son innocence,
Comme l'ombre s'en va lorsque l'aube paraît.
Enfants, qui ne serait pur en votre présence?
Ah! si j'étais en faute, un ange me verrait!

Et puis, il me dira : Travaille! A l'instant même
J'obéirai. L'enfance est l'âge triomphant.
L'enfance est tellement la puissance suprême
Que la Grèce avait fait de l'amour un enfant!

V

UN CRITIQUE VU DE DOS

On en veut à des gens qu'on devrait plutôt plaindre.
D'abord, ceux que leur haine a pour rêve d'atteindre
Sont là-haut, bien trop loin, dans l'infini des cieux,
Et vous figurez-vous qu'il soit délicieux
Le succès du roquet qui veut mordre la lune?
Puis, toutes ces fureurs ont une excuse. L'une
Vient d'une maladie et l'autre d'un malheur.
En étant plus heureux comme on serait meilleur!
L'un de ces insulteurs souffre dans son ménage;
L'autre aux ressouvenirs pieux de son jeune âge
Mêle un an de prison pour avoir escroqué.
Cet autre est simplement un poëte manqué
Qui, désirant la Gloire et n'ayant pu lui plaire,
Se venge en poignardant ceux qu'elle lui préfère.

2

Cet autre aime souper, ce n'est pas très-méchant ;
Mais les restaurateurs ont un lâche penchant
A vouloir de l'argent contre leur victuaille ;
Il en a rencontré dans un journal canaille
Et n'a, pour bien manger et pour choisir ses vins,
Qu'à jeter de la boue aux poëtes divins ;
Il leur en jette, plus ou moins, selon la somme ;
Vous seriez bien cruel d'en haïr un pauvre homme
Qui les glorifierait demain au même prix,
Et vous ne lui devez vraiment que du mépris.
Une difformité bien caractérisée
Est un motif parfait de couvrir de risée
Et d'affront les trouveurs et les chercheurs du beau.
Un, plus que tous, s'acharne à souffler tout flambeau,
A cracher sur la gloire, à salir ce qui dure ;
Mes yeux étant un jour tombés sur son ordure,
Je commençais moi-même à me sentir outré
Contre ce chenapan ; — mais on me l'a montré.

VI

LE KEEPSAKE

Je me demandais pourquoi
Je me sentais tout morose,
Et j'avais honte de moi
D'être ainsi triste sans cause.

D'où vient — mais c'est plus que clair ! —
Que mon âme est rembrunie ?
C'est de mon plaisir d'hier !
Quelle joie est impunie ?

Un dîner délicieux,
Réussi dès le potage !

Un amoureux n'a pas mieux ;
Un roi n'a pas davantage.

On était nombreux. Combien ?
Je ne sais pas. La maîtresse
De la maison, qui veut bien
Que mon destin l'intéresse,

M'avait mis auprès — et sans
Que je l'en eusse priée —
D'une blonde, vingt-deux ans,
Très-charmante, et mariée !

Je fus bientôt dans l'état,
Aucunement hypocondre
Et grisâtrement béat,
D'un citoyen qui voit fondre

Sur tous ses sens envahis
Les ailes de bécassine,
Les vins de tous les pays
Et les yeux de sa voisine,

Et qui, retenant en vain
Sa raison qu'un rêve berce,

Ne sait plus si c'est du vin
Ou de l'amour qu'on lui verse !

Tout condamner dans nos mœurs
Est d'une rigueur extrême.
Après dîner, les fumeurs
Ont une mode que j'aime.

Ils s'en vont fumer entre eux,
Et laissent pendant des heures
Leurs femmes aux amoureux.
Le dîner les rend meilleures ;

Un mol abandon détend
Leur vertu vaguement ivre ;
Elles songent... C'est l'instant
Où leur mari nous les livre.

Le sort m'a parfois gâté.
Le mari de ma voisine
A l'honorable fierté
De fumer comme une usine.

Il fuma donc. Et, tandis
Qu'il lâchait la vapeur blonde,

Premièrement, j'entendis
Causer les femmes du monde.

Les sujets les plus profonds
Par des bouches ravissantes
Furent traités : les chiffons,
Les bals, l'âge des absentes,

Les bonnes, les bonbons, Dieu,
L'impiété qui submerge
Les croyances, à quel jeu
On j_uerait. Puis (une vierge

De quarante ans bien sonnés,
D'une physionomie
Noble, en rougissant — du nez,
Appréciait une amie ;

Figurez-vous que vivant
Un chirurgien vous dissèque),
J'offris à ma blonde enfant
De lui montrer un keepsake.

— « Je veux bien. » — « Par ici donc ;
Nous aurons plus de lumière. »

Je choisis un guéridon .
Masqué d'une jardinière.

Je lui tournais les feuillets.
Mais qu'est-ce que voulaient dire
Ces notices en anglais ?
— « Je m'en vais vous les traduire. »

Les dessins variaient : tours,
Bêtes, gens, lac, panoplie.
La notice était toujours
Que je la trouvais jolie.

Un dessin d'un ton très-doux :
Un ruisseau court sous des saules.
Texte : « Où vous procurez-vous
La blancheur de vos épaules? »

Son mari fumait. Dessin :
Un pauvre agneau blanc qui bêle.
Notice : « C'est très-malsain
Pour autrui d'être si belle ! »

Bien qu'en France maintenant
Ni dames ni demoiselles

Ne voient rien de surprenant
A ce que tout soit plein d'elles,

Elle crut que je mêlais
Quelque fraude à ce prodige.
— « Voyons, savez-vous l'anglais ? »
— « *I love you,* » lui répondis-je.

« L'anglais ? moi ? si je le sais ?
Pas du tout ! Et je dois même
Avouer que mon français
N'a que trois mots : *Je vous aime !* »

Elle dit, sans se fâcher :
— « Revenons à ces estampes. »
J'y consentis. Un rocher.
Légende : « Oh ! baiser vos tempes ! »

Cataractes. « Un conseil : »
Son mari fumait encore.
« Un ami, qui m'est pareil
De corps et d'esprit, adore

« Une femme qui pour tous
Est votre image fidèle ;

Par quel moyen croyez-vous
Qu'il puisse être adoré d'elle ? »

Son mari fumait toujours.
Sans avoir l'air de m'entendre,
Elle regardait un ours
D'une façon assez tendre.

J'étais comme le voleur
Qui tourmente une serrure.
Elle mordait une fleur.
Les pierres de sa parure

Doublaient d'un ardent reflet
Sa splendeur accoutumée.
Et son mari s'essoufflait
En tourbillons de fumée.

Ses cils étaient palpitants.
Après la dernière planche,
Je lui traduisis longtemps
Une page toute blanche.

« Berthe ! » (j'osai son prénom)
« Que ma flamme vous pénètre ! »

Et sa bouche disait *non*,
Mais ses yeux disaient *peut-être*.

L'instant vint où l'on se tait,
Où le cœur troublé s'égare...
Et son mari se mettait
Au quatrième cigare.

... Et c'est pour cette raison
Qu'aujourd'hui, seul dans ma chambre,
Devant un maigre tison
Sur lequel souffle décembre,

Désorienté, distrait,
Inapplicable à l'étude,
Ma mansarde me paraît
Plus vide que d'habitude.

Ce soir de folle clarté
M'assombrit. Mais comment est-ce
Que s'y prend donc la gaîté
Pour faire de la tristesse ?

Lisons. Je me sens glacer.
Lisons. C'est toi, vieux Sénèque,

Qui t'offres pour remplacer
Ce doux front sur ce keepsake?

J'essaye, et je m'aperçois
De cette chose profonde
Que les vieux auteurs sont froids
Après une jeune blonde.

Pardon d'avoir dérangé
Ta face parcheminée.
Le tison découragé
S'éteint dans la cheminée.

O lendemains ! Aujourd'hui,
De tout ce soir qui flamboie
Il me reste de l'ennui,
Cette cendre de la joie.

VII

Ami, regarde l'art et non pas le succès.
Je douterais de toi si tu réussissais
Dès le commencement, sans lutte et sans bataille.
Ils n'entrent pas partout ceux de la grande taille.
La vogue est peu. Les noms qu'hier elle allumait
Sont aujourd'hui le fer où la rouille se met.
La vogue à chaque instant veut une autre merveille,
Et ne reconnaît pas ses amants de la veille !
Idoles dont la mode a tenu l'encensoir !
Dieux qui sont quelquefois éternels tout un soir !

Toi donc, sans prendre garde à la tourbe insensée,
Que toutes tes amours soient avec ta pensée.
Fais sans cesse, ta plume ou ton front à la main,
De tes sueurs ton œuvre et d'aujourd'hui demain.
Et tu l'auras aussi, le fracas populaire,
Plus tard, mais plus longtemps. Passe-toi sans colère
Des applaudissements prompts parce qu'ils sont courts.
Aujourd'hui, c'est un jour, et demain, c'est toujours !

VIII

A UNE FORTE PIANISTE

Le piano d'abord hésite, et puis il cède.
Il dit : — Partons! alors votre âme le possède;
      Vous ne faites qu'un corps
Avec lui; l'idéal tient les touches qui tremblent;
Et vous vous envolez, et vos blanches mains semblent
      Les ailes des accords.

Et vous vous en allez là-haut, plus haut que l'aigle,
Plus haut, vers les soleils dont la musique règle
      Les gestes radieux,

Et pour vous écouter profond est le silence,
Et tout votre auditoire extasié s'élance
      Avec vous dans les cieux.

Et c'est plaisir de voir comme après vous se pâme
Le peuple entier de ceux dont l'harmonie est l'âme,
      Dont l'appétit se plaît
A déjeuner d'un trille et dîner d'un andante,
Et qui donnent Shakspeare, Eschyle, Homère et Dante
      Pour un air de ballet.

Ils suivent dans l'azur votre course éperdue.
Oh! si, lorsque emportés à travers l'étendue,
      Enivrés de monter,
Profondément mêlés au concert planétaire,
Ils seront le plus loin possible de la terre...
      Ils pouvaient y rester!

IX

Un des poëtes naissants,
Qui jamais ne déraisonne,
Disait hier : — « Elle sonne,
L'heure des gens de bon sens!

« Grâce à nous, le drame expire.
Personne, je le promets,
Ne parlera plus jamais
De Hugo ni de Shakspeare.

« Le vrai beau s'est révélé.
Un bon style de ménage

Succède au libertinage
Du lyrisme échevelé.

« De bons sujets bien honnêtes
Remplaceront, s'il vous plaît,
Cet idéal qui parlait
De décrocher les planètes.

« Je n'ai pas la vanité
Que mes pièces soient des temples
Qui proposent en exemples
Des dieux à l'humanité.

« Plus rien d'extraordinaire ;
Ce n'est point ici le cas
Des théâtres à fracas
Et des grands coups de tonnerre !

« L'art vers lequel nous allons
Rejette épée et panache.
L'essentiel est qu'il sache
Se tenir dans les salons.

« L'école où je me rallie
Veut un talent sans excès.

Discret, humble. Plus de ces
Brutalités de saillie !

« Plus d'étalage effronté
De ces beautés que renie
La décence. Le génie
Est une autre obscénité.

« Efforts, initiatives,
Trouvailles sous les affronts,
Bonsoir ! Nous inaugurons
Les qualités négatives.

« Se priver est maintenant
Le grand charme. Notre drame,
A nous, tient dans ce programme :
Abstinent et continent.

« Le vieux va rire du jeune.
On n'a que ce qu'on n'a pas.
Rien devient tout. Le repas
Qui nourrit bien, c'est le jeûne.

« L'art n'ayant plus aujourd'hui
Invention, poésie,

Ni fierté, la bourgeoisie
S'enthousiasme pour lui.

« Tout bourgeois cossu me loge,
En habit de maroquin,
Presque à côté de Berquin.
Les curés font mon éloge.

« Et j'en suis encore à voir
Une prude qui s'en blesse
Quand une mère me laisse
Avec sa fille le soir.

« Je n'ai pas besoin de dire
A quiconque m'a connu
Que je n'ai jamais rien eu
De ce qu'il faut pour séduire! » —

Quelqu'un dit : — « C'est comme moi.
On me laisse avec les filles.

Les jaloux à triples grilles
Me voient entrer sans émoi.

« Sans en être compromise
Et sans redouter mes feux,
Une beauté sous mes yeux
Pourrait changer de chemise.

« Car je me suis retranché
Ce qui manque à ton poëme,
Et je suis, comme toi-même,
Incapable de péché.

« Quand Hélène ou Cléopâtre
Ressusciteraient exprès,
Sache que je resterais
Aussi froid que ton théâtre.

» Je suis le chaste garçon
Qu'on ne prend par aucune anse.
Auprès de ma continence
Joseph n'est qu'un polisson.

« Dans mon état, que tout sage
Devrait avoir réclamé,

L'adultère est supprimé,
Et même le mariage;

« Et le lâche incestueux,
Comme dit le grand Racine,
Est coupé dans sa racine ! » —
Le poëte vertueux

Pencha poliment la nuque
Et, très-aimable : — « Pardon,
Monsieur, mais qu'êtes-vous donc? »
— « Frère, je suis un eunuque. »

X

Les meurtres, le poison, l'épée et le poignard
Offenseraient les nerfs délicats de ton art.
Au moins tu ne veux pas que ce soit sur la scène
Que le poison se boive ou que le coup s'assène,
Et tu cites à tes contradicteurs vaincus
Le poëte de *Phèdre* et de *Britannicus*
Qui n'a pas aux anciens pris la façon brutale
Dont la mort à travers leur théâtre s'étale,
Et de qui les héros, quand vient le dénoûment,
Vont loin du spectateur mourir pudiquement.

Théramène, de fait, me plaît assez : ce sage
Voit qu'on attend un monstre, il offre son visage.
Donc, tous tes dénoûments sont d'aimables récits.
Ton pire égorgement peut se jouer assis.
Toujours ton cinquième acte entre les doigts nous glisse;
On l'entend vaguement, derrière la coulisse,
A coups de rime pauvre et sous les adjectifs
Essayer de tuer des héros descriptifs.
Le moment de frapper arrive : alors tu jases.
Ami, tu fais très-bien de ne tuer qu'en phrases,
Et moi, je t'en approuve. Un meurtre sérieux,
Vrai, flagrant, évident, qu'on touche avec les yeux,
Comme Shakspeare en a commis dans tous ses drames,
C'est bon pour lui, qui fait des hommes et des femmes,
Robustes, bien portants, éprouvant nos besoins
Et nos hasards; mais toi, je ne serais pas moins
Étonné de te voir frapper tes personnages
Que si tu prétendais poignarder les nuages.
Si Calderon applique aux siens des coups si durs,
C'est que ce ne sont pas des ombres sur les murs;
C'est qu'ils ont dans la veine un sang dont il s'enivre.
Pour pouvoir les tuer, il faut les faire vivre.

XI

DANS LE COMBAT.

Shakspeare en tous sens,
Riant des tempêtes,
Étend sur nos têtes
Ses rameaux puissants.

Tous les oiseaux peuvent
Y faire leurs nids.

Tous les infinis
En rayons y pleuvent.

Quand terriblement
Le vent sur lui passe,
La terre et l'espace
Ont un tremblement.

La séve en sa fibre
Bouillonne. Les cieux
Voient monter vers eux
Le grand drame libre.

Fils du sol sacré,
Il veut pour voisine
L'étoile. — Racine
Est plus modéré.

Pauvre mais avare,
Dès qu'un jet grandit,
Racine lui dit
Que la séve est rare,

Et que rien n'est tel
Qu'un drame économe :

La moitié de l'homme,
Le corps, le réel,

L'action pensive,
Et puis le décor,
Et le rire encor,
Racine s'en prive.

Eschyle poltron,
Tacite modeste,
Il ébranche Oreste
Et rogne Néron.

Son rêve est de clore
En un mince étui
Les grands arbres qui
Versaient hier encore

Sur les animaux
L'ombre à pleine coupe.
D'abord, il en coupe
Les plus fiers rameaux ;

Le reste, il le plie,
Et met, doux bourreau,

Un cèdre au fourreau,
Comme un parapluie!

La feuille croît peu
Dans l'œuvre qu'il gêne.
Shakspeare est un chêne,
Racine est un pieu.

XII

A THÉOPHILE G.

La forme riche fait le fond pauvre. La fleur
Ne peut être parfum à la fois et couleur.
     Pas de chaleur où luit la flamme.
Plus le bois est touffu, moins il aura d'oiseaux.
Les poëmes qui n'ont que la peau sur les os
     Ont seuls le droit d'avoir une âme.

J'avais cru — je conçois leur vacarme railleur ! —
Qu'un flacon élégant rendait le vin meilleur.
      Sache qu'une strophe bien faite
Rend l'idée impossible à boire, et qu'à l'instant
Le verre de Venise et le style éclatant
      Changent l'ambroisie en piquette.

Habille ta pensée au rabais. Ni velours,
Ni soie. Un bon gros drap. De bons souliers bien lourds.
      Si Cellini t'offre une agrafe,
Crache dessus. Je vois poindre le jour divin
Où l'on n'aura, pour être un vrai grand écrivain,
      Qu'à ne pas savoir l'orthographe.

XIII

A THÉODORE DE B.

Après avoir lu ses *Odes Funambulesques.*

Ami, ton volume m'attire,
Risible et pensif à travers.
J'aime ce carnaval du vers
Où l'ode se masque en satire.

C'est méchant et c'est excellent !
C'est la ruade et l'étincelle,

Le coup de poing et le coup d'aile ;
Ça fredonne, même en ronflant !

C'est le babil de toutes choses,
De l'éteignoir et du flambeau ;
C'est le laid qui devient le beau ;
C'est le fumier père des roses !

C'est l'idéal dans le réel ;
C'est la vérité qui s'insurge ;
C'est insolent comme Panurge
Et c'est joli comme Ariel.

C'est Rosalinde qui s'enivre !
C'est la rue et c'est le château.
Ah ! Teniers dispute à Watteau
L'illustration de ton livre.

Derrière la strophe où tu ris
De mêler l'ortie aux pervenches,
On voit, en écartant les branches,
Régnier embrasser Lycoris.

C'est tous les jurons de l'auberge
Et toutes les chansons du bois.

Un funambule, par endroits,
Danse sur un fil de la Vierge.

Bottom, à vingt ânes pareil,
Tend son dos à Puck qui le monte,
Et Scapin bâtonne Géronte
Avec un rayon de soleil.

XIV

Ami, l'enjambement te répugne. Tu veux
Que Sara la baigneuse attache ses cheveux
Et ne laisse plus hors de son hamac avare
Pendre un pied nu que l'eau baise au passage. Gare
Aux abois de ton chien si l'on voyait jamais
Un mot sortir du vers. Jamais tu ne permets
Que, comme un chasseur fait d'un hibou qu'il rapporte,
Un vers vigoureux cloue une idée à sa porte.
Il ne te convient pas que, pour attirer l'œil,
Un adjectif pimpant se tienne sur le seuil.
Ce n'est pas avec toi que l'on peut aux fenêtres
Se pencher pour cueillir des grappes — ou des lettres.

Qu'est-ce donc que t'ont fait, pour ainsi les lier,
Tes propres vers? es-tu leur père ou leur geôlier?
Tu défends qu'une strophe, au milieu de la classe,
Cause avec sa voisine. En rang! à votre place!
A gauche alignement! le caporal des vers,
C'est toi! Qu'est-ce? un rameau que l'ardeur des mois ve
Affole et fait saillir du cordeau? qu'on le tranche!
Vite! et l'on jette bas la grâce avec la branche.
Il est bon, quand on veut la tirer d'un seul coup,
Que la phrase ressorte et s'offre par un bout;
Si l'idée, au fourreau du vers emprisonnée,
Est une épée, il faut qu'elle ait une poignée!
Donc, répudie enfin le but que tu cherchas,
Et les portiers pourront couper la queue aux chats,
Mais toi, ne coupe plus la frange à ta pensée.
Laisse son libre geste à ta phrase blessée
Par tes compartiments étroits; plus de barreaux
Qui ne distinguent pas les condors des pierrots;
Plus d'ailes ne pouvant s'ouvrir; plus de muraille;
Laisse voler en toi des vers de toute taille,
Entrecroisés ainsi que dans un vol réel;
Ta forme est une cage et devrait être un ciel!
Varie incessamment les lois universelles.
Pas de rejet? alors tu hais les étincelles?

XV

A Mlle L.

Puisque vous me faites la joie
De me demander de mes vers,
O belle enfant aux cils de soie,
Tous mes jardins vous sont ouverts.

O belle enfant aux mains si blanches
Qui ferez tant de prisonniers,

Cueillez les fruits, cassez les branches,
Videz mon champ à pleins paniers.

Ne soyez point embarrassée
Du choix : choisissez tout ! — Le jour
Où de l'enclos de ma pensée
Vous daignerez faire le tour,

Enorgueillis de vous connaître,
Et quittant la fraîcheur du bois
Ou la tiédeur d'une fenêtre,
Mes oiseaux viendront à vos doigts ;

Et mes faons, si prompts à la fuite
Dès qu'on passe dans leur chemin ,
Se levant de terre bien vite,
Accourront vous lécher la main. .

Qu'une autre que vous s'effarouche
De traverser ma haie en fleur ;
Le houx n'aime pas qu'on le touche,
Et le buisson est querelleur ;

Mais vous, coudoyez, libre et fière,
L'ortie et l'épine ; le houx,

Comme une chatte familière,
Rentrera ses griffes pour vous.

Le sable où votre pied se pose,
Joyeux, baisera doucement
Le bas de votre robe rose;
Et, le marbre aussi s'animant,

Les enfants sculptés des fontaines,
Vivants, éperdus, asservis,
Tendront vers vos lèvres hautaines
Les lèvres des vases ravis!

XVI

Ne faites plus tant la fière
Pour avoir deux yeux vainqueurs
Dont la cruelle paupière
Laisse par sa meurtrière
Vos grâces percer nos cœurs.

Nous vous en avons vantée.
Votre œil, rien qu'en regardant,
Nous abat par charretée.

Mais la ruse est éventée !
On vous a vue hier, pendant

Que l'Amour tirait vos mèches
Et, sans voir vos doigts subtils,
Jouait à vos lèvres fraîches,
Lui prendre toutes ses flèches
Et les fourrer dans vos cils.

XVII

Je gage de changer cette page en miroir.
Tenez :

     — Seize ans ; au front l'innocence étoilée ;
Une bouche d'enfant plus jeune que l'espoir ;
Une avalanche blonde en cheveux effilée ;
Deux grands yeux bleus ; la grâce à tout cela mêlée. —

Camille, vous pouvez maintenant vous y voir.

XVIII

SUR UNE FÊTE

QUI TOMBAIT UN VENDREDI.

Lorsque les Apôtres
   Et les autres
Balayeurs de dieux
Ont fait au vieux culte
   Leur insulte,
Ils n'ont pas eu d'yeux,

Et, dans leurs rudesses
   Aux déesses,
Ces nouveaux-venus
Ivres du baptême
   N'ont pas même
Epargné Vénus.

Ils l'ont exilée ;
   Et, mêlée
Aux dieux mendiants,
La déesse en fuite
   Est réduite
Aux expédients.

Vénus, cette année,
   Consternée
De se voir sans cour
Et que votre fête
   Se répète,
L'a mise à son jour.

Ce jour-là va faire,
   Elle espère,
Accroire aux marchands
Que c'est pour sa fête
   Qu'on achète
Leurs fleurs à pleins champs.

Et, gloire frivole,
   Elle vole
Les vers qu'elle sait
Que votre œil d'aurore
   Fait éclore :
Car elle vous est,

Du pied à l'oreille,
        Si pareille
Que, lorsqu'un sonnet
Dans sa pure glace
        Vous retrace,
On la reconnaît !

Adieu Vénus même !
        Cher emblème !
Nom matériel
Qui, blonde ou bien brune,
        Mit en une
Les femmes au ciel !

Mais que leur importe
        Qu'elle en sorte
Et que, maître un jour,
Jésus les en chasse,
        S'il remplace
Le ciel par l'amour !

XIX

A MADAME JEANNE.

Pourquoi je viens peu souvent?
— Supposez qu'on vous conduise,
Quand vous avez faim, devant
La table la plus exquise.

Le lustre jette un frisson
Sur les verres de Bohême;

Le vin est une chanson,
Le dessert est un poëme !

C'est un régal à donner
L'appétit de l'homme à l'ange :
Eh bien ! ce divin dîner,
C'est un autre qui le mange !

Un autre, bras accoudés,
S'emplit, se gorge, se carre.
Et vous, vous le regardez. —
Voilà pourquoi je suis rare.

Un autre vous mange, hélas !
Un autre est là qui, vorace,
Veut pour lui tous ces doux plats,
Jeunesse, esprit, beauté, grâce !

Un autre est là, fier, joyeux,
Indifférent à nos fièvres,
Qui se repaît de vos yeux
Et se grise de vos lèvres

Et, le soir, je m'en reviens
Avec une faim accrue

Qui disputerait aux chiens
Les ordures de la rue.

Il est des sorts plus heureux,
A mon goût sinon au vôtre,
Que d'assister, ventre creux,
Au très-bon dîner d'un autre.

J'ai l'estomac trop ouvert :
Ces festins-là, je m'en prive.
Mais mettez donc mon couvert,
Et vous verrez si j'arrive!

XX

SÉRÉNADE.

Quand, chère barbare,
Ferai-je, vainqueur,
Comme ma guitare,
Parler votre cœur ?

Si ma main émue
La touche, je croi
Qu'une âme y remue
Qui pleure avec moi.

Soyez donc meilleure !
Car enfin, voyez,
Ma guitare pleure
Lorsque vous riez !

Trouverai-je, avide
Du sein où l'on court,
Le bois creux moins vide,
Le bois sourd moins sourd ?

XXI

L'ATTENTE.

Pas encore !... Il va falloir
Qu'elle ait des raisons majeures !
C'était bien pour lundi soir.
Elle m'avait dit : huit heures ;

Je l'attendais donc à dix ;
Il en est onze, et personne !
Où peut-elle être tandis
Que je... Mais je crois qu'on sonne.

Non. — Tâchons de lire. Ah bien
Oui ! mon attente inquiète

Ne peut se fixer sur rien;
J'ai voulu prendre un poëte,

Et tout à coup je me suis
Aperçu que l'Hésiode
Où je m'appliquais depuis
Un quart d'heure — était le Code!

Pouah! J'ai, d'un geste insultant,
Réintégré ce toxique
Sur sa planche. Pour l'instant,
J'écoute de la musique.

Car, — instruments de tout son,
Chanteurs de toute mâchoire,
Chats amoureux, — la maison
Est un vrai Conservatoire.

Je n'entends en ce moment
Qu'un piano par étage.
Un trombonne éperdument
Arrache *Fleuve du Tage.*

Écorchant vif Meyerbeer,
Une vieille fille grasse

Que n'attaque aucun Robert
Chante avec désespoir : *Grâce!*

Me voici sur le palier.
Je froisse d'un poing avide
La rampe de l'escalier;
Le corps penché sur le vide,

Je tends vers elle mes yeux,
Et, contraignant sa paresse,
Mon regard impérieux
Exige qu'elle paraisse.

J'y mets mon cœur tout entier...
Soudain, au bas de la rampe,
Une ombre... C'est le portier
Qui vient éteindre la lampe.

Minuit! Soit. Ah! c'est ainsi!
L'espérance serait folle
Maintenant. C'est le souci
Qu'elles ont de leur parole?

Un oubli si méprisant!
Tant mieux! Je ferme ma porte.

A deux tours. Viens à présent,
Et que le diable m'emporte

Si pour t'ouvrir — tiens, je mets
Le verrou — je me dérange
Ce soir, demain, ni jamais!
Misérable!... Un pas! cher ange,

J'accours!... — Et j'ai, dans la nuit,
Presque embrassé le trombonne
Qui s'insinuait sans bruit
Dans la chambre d'une bonne.

Couchons-nous. Elle verra!
Oh! mais j'aurai ma revanche!
J'écume. — Elle arrivera
Demain, dans deux jours, dimanche;

Et lorsque je lui dirai
Qu'il est inimaginable
Qu'on fausse un serment juré,
Et que c'est abominable

D'abandonner un garçon
Seul, la nuit, dans sa mansarde,

Elle aura cette raison
Que sa pendule retarde.

Si je trouve le motif
Médiocre, elle est capable
De se courroucer tout vif,
Et je serai le coupable.

Qu'elle y vienne! Cette fois,
Les excuses que j'apprête
Sont celles que je lui dois...
Une voiture s'arrête...

Otons vite le verrou.
C'est elle! Elle est dans l'allée.
Je reconnais son froufrou
De soie et sa marche ailée.

Ses petits pieds ravissants,
Dans cette ombre qu'elle affronte,
Tâtent les marches. Je sens,
A mesure qu'elle monte,

Ma colère s'apaiser.
Où trouver une réplique

A cette preuve, un baiser ?
O femme ! ange diabolique !

Quand ce doux être inhumain
Le regarde, l'homme tremble ;
Et cette petite main
En fait ce que bon lui semble.

Tout s'égaie ou s'attendrit
Par la femme. On a, sur l'heure,
De l'esprit quand elle rit
Et du cœur quand elle pleure.

Contre elle rien ne défend.
Si tu veux tenir une âme,
Prends la femme par l'enfant
Et prends l'homme par la femme.

XXII

A UNE RIEUSE.

Vous avez le rire sonore
De celle à qui tout vient s'offrir,
Et votre caractère ignore
Comment on s'y prend pour souffrir.

Vous êtes clarté, danse, joie,
Couplets à tous les vents semés...
Et vous voulez que je vous croie
Quand vous dites que vous m'aimez!

Vous m'aimez à votre manière,
Vivement, avec la verdeur

Et l'allégresse printanière
D'un Mai sans nuage boudeur,

Avec tous les rayons qui tremblent
Sur votre visage vermeil
Et sur vos cheveux d'or qui semblent
Avoir pour coiffeur le soleil,

Avec la gaîté lumineuse
Dont les éclats font que je dis
Qu'on vous prendrait pour la sonneuse
De la cloche du paradis!

Vous m'aimez; sans effort extrême
J'en conviens; votre chère voix
Me l'a dit; et vous croyez même
Me l'avoir prouvé quelquefois.

Je dois à la reconnaissance
Autant qu'à la véracité
De vous accorder une absence
Totale de férocité.

J'ai vu quelquefois, ô ma fée,
Et c'était charmant, j'en réponds,

De votre robe dégrafée
Et de votre tas de jupons

Surgir votre beauté de neige
Comme de derrière un rideau
Un marbre divin... — Alors, qu'ai-je
Qui me manque? Une goutte d'eau.

Une de ces gouttes amères
Que le destin, ce vieux butor,
Ce dur casseur de nos chimères,
Arrache aux pauvres cœurs qu'il tord.

Une goutte amère qui noie
Dans les yeux dont vous m'embrasez
Cet implacable azur de joie,
Et que boivent tous mes baisers !

Une larme dont je sois cause,
Et qui, jalousie ou malheur,
Nous joigne par la seule chose
Qui soit solide, la douleur !

Si mollement que je résiste
A me croire un très-grand vainqueur,

J'attendrai que vous soyez triste
Pour être sûr de votre cœur.

Car, c'est une chose à vous dire
Puisque vous semblez l'ignorer,
Pour être aimée il faut sourire,
Mais pour aimer il faut pleurer.

LIVRE DEUXIÈME

HANS ET MARIE

PERSONNAGES.

HANS.
JACQUES HERMANN.
UN MENDIANT.
KARL,
IRUND.
GRUNDLER.
UN ENFANT.
CHASSEURS.

MARIE HERMANN.
UNE RELIGIEUSE.
MARGUERITE.

SCÈNE PREMIÈRE.

Une rue. — A droite, un couvent.

Un jeune homme d'air pauvre et fier attend à la porte du couvent.
Une jeune fille en sort.

HANS, MARIE.

MARIE.

Elle est sortie.

HANS.

Encore! Allons, elle t'évite.

MARIE.

Elle si bonne! oh ! non.

HANS.

On se lasse si vite
Du dévoûment à ceux qui ne sont pas puissants !

MARIE.

Que deviendrions-nous alors, ô mon Dieu! sans

La seule femme à qui je doive un peu d'ouvrage !
— Non ! la voici !

Elle montre une religieuse au bout de la rue.

Je vais lui parler. Du courage.

HANS.

Oh ! tu n'étais pas faite à plier les genoux !
Pardonne-moi.

MARIE.

Cher Hans ! — Va.

Hans s'éloigne. — Arrive la religieuse. Marie l'aborde.

MARIE, LA RELIGIEUSE.

MARIE.

Madame...

LA RELIGIEUSE.

Ah ! c'est vous.

MARIE.

Pardon si j'ose ainsi vous parler dans la rue.
Je ne connais que vous qui m'ayez secourue.
Je suis venue hier sans vous trouver; alors
Je craignais de ne plus vous voir. —

LA RELIGIEUSE.

J'étais dehors.
Mais qu'est-ce qu'on m'apprend de vous ? Hé ! ma petite,
Il paraît que la chair tendrement nous invite ?

Et que l'homme nous plaît? et que nous n'aimons pas
Être seule l'hiver à réchauffer nos draps?
Est-ce vrai ce qu'on m'a raconté tout à l'heure
Qu'un homme qui n'est pas votre mari demeure
Avec vous?

MARIE.

On vous a?...

LA RELIGIEUSE.

> C'est vrai! vous rougissez.

MARIE.

Je ne suis pas pourtant celle que vous pensez...

LA RELIGIEUSE.

Il est votre amant!

MARIE.

> Oui, s'il faut que je réponde;
Mais, je peux le jurer, c'est le seul homme au monde
Qui m'ait jamais touché la main.

LA RELIGIEUSE.

> C'est le premier.
Mais après qu'on a mis un pied dans le fumier,
On ne redoute plus beaucoup d'y mettre l'autre.
Quiconque fait un pas dans le vice s'y vautre.
Et c'est, vous le voyez, l'avis de votre amant,
Car il ne vous a pas offert le sacrement.

MARIE.

S'il ne m'épouse pas, c'est que je n'ai pas l'âge.

LA RELIGIEUSE.

L'âge?

MARIE.

L'âge où la loi permet le mariage
Sans le consentement des parents.

LA RELIGIEUSE.

Des parents?

Mais vous en avez donc?

MARIE.

Je...

LA RELIGIEUSE.

Parfait! Je comprends.

Ils ne consentaient pas : bonsoir! Et votre mère
Pleure.

MARIE.

Je n'avais pas de mère.

LA RELIGIEUSE.

Votre père

Est tout seul! encor mieux! Eh bien, mon compliment!
Les filles d'aujourd'hui se privent joliment!
Pas l'âge! On attendait de mon temps! Mais le jeûne
Est trop rude. Ça veut commencer toute jeune!
Et puis, ça cohabite! oui, ça s'enorgueillit
Jusqu'à n'avoir à deux qu'une chambre et qu'un lit!
Il leur faut le scandale encore, à ces gaillardes!

MARIE.

Nous n'avons pas d'argent pour payer deux mansardes.

LA RELIGIEUSE.

Eh bien, nous n'avons pas, nous, d'argent pour payer
Les divertissements des filles du métier.
Quand tant de braves gens expirent dans la gêne,
Nous ne pouvons aider une misère obscène.
Le malheur chaste a seul droit à notre tribut.
Nous n'avons pas fondé notre œuvre dans le but
D'encourager le vice et le libertinage.
Nous donnerions donc tort au vertueux ménage,
A la veuve sans linge et sans pain pour son fils,
A la vierge qui dort aux bras du crucifix?
— On ne peut tout avoir. Il faut choisir. Vous êtes
Aimée; alors, laissez notre aumône aux honnêtes!
Ou, si vous demandez nos secours fraternels,
Renoncez en ce cas à vos plaisirs charnels.
Quand vous vous passeriez des caresses de l'homme!
D'autres que vous le font. Je vous vaux bien, en somme,
Et j'ai fait cependant vœu de virginité.
Ah! vous renoncerez à l'impudicité,
Vous quitterez cet homme, et, juillet ou novembre,
Vous serez, comme moi, seule dans votre chambre,
— Ou bien tu crèveras de faim dans ton sérail!

MARIE.

Je ne vous demandais pourtant que du travail.

LA RELIGIEUSE.

Demande du travail chez une entremetteuse!
Adieu, fille perdue, oui, mais nécessiteuse!

Elle entre dans le couvent. — Hans revient.

HANS, MARIE.

HANS.

Ange coupable, ayons pitié de sa vertu!
— O Dieu! je l'entendais parler. Je me suis tu,
Car j'aurais insulté son innocence infâme.
Cynique chasteté! — Cependant cette femme
Avait raison. Le mieux est de nous séparer.

MARIE.

Nous séparer!

HANS.

Marie, il faut te délivrer.
Quand, voyant que sans toi je ne pouvais plus vivre,
Tu n'as pas refusé, chère enfant, de me suivre,
Je ne t'ai pas promis de t'en remercier
Par la faim, et le froid, et leur affront grossier.
Abandonne-moi.

MARIE.

Hans!

HANS.

Ah! j'aurais dû comprendre
A quelle destinée il fallait nous attendre,

Et que, contraints, pour fuir ton père, à de faux noms,
Gênés quand il faudrait dire d'où nous venons,
Nous ne rencontrerions partout que défiance
Et refus. Aujourd'hui, voici, de plus, l'offense !
Va-t'en !

MARIE.

Jamais.

HANS.

Pourquoi? si c'est par dévoûment,
Te voir souffrir, Marie, est mon pire tourment.
Retourne chez ton père, ô ma pauvre affamée !
Sa colère sera promptement désarmée;
Tu verras qu'il sera joyeux de te ravoir.
Ce matin je pensais à lui faire savoir
Où nous étions cachés pour qu'il vînt te reprendre.
Mais au moment le cœur m'a manqué. Moi te rendre !
Je n'en ai pas la force. Aide-moi.

MARIE.

Tout cela
Pourquoi? pour cette femme et pour deux mots qu'elle a
Pu dire ! Sa colère est toute naturelle ;
Notre façon de vivre est coupable pour elle :
Une religieuse ! Ami, pardonnons-lui.
Nous nous adresserons ailleurs. Après l'ennui
Et la gêne, l'aisance un jour sera meilleure.
Te quitter ! ne redis jamais cela, j'en pleure.
Je te dis que j'aurai du travail autre part.

Ne désespérons pas. Il ne faut qu'un hasard,
Qu'un instant, pour que tout s'arrange. Sois tranquille,
Cette maison n'est pas la seule de la ville,
Et nous arriverons, avec quelques efforts,
A l'âge où nous pourrons nous marier. Alors,
Tout deviendra facile. En attendant, je t'aime.
Tu disais que c'était souvent à l'heure même
Où tout semblait perdu que le destin changeait.
Surtout ne te fais pas de peine à mon sujet.
Je suis heureuse. Et si je te voyais sourire,
Rien ne me manquerait. Notre sort serait pire
Que j'aurais encor tout, ayant ton amitié.
Quand on est pauvre à deux, on ne l'est qu'à moitié.
Une fois mariés, plus jamais de misère.
Et ce ne sera pas assez du nécessaire,
Je veux du superflu! Je t'aime. Allons, venez.
Tiens, je ris!

HANS.

Tu rendrais l'espérance aux damnés!

Ils s'en vont.

SCÈNE DEUXIÈME.

Un jardin, terminé, à droite, par une maison; à gauche,
par une haie qui le sépare d'une rue de village. De
l'autre côté de la rue, des maisons, puis un mont de
rochers et de pins.

Un homme à cheveux blancs est assis dans le jardin sur un banc de
terre, les yeux tournés vers la montagne, les deux mains et le
menton posés sur un bâton ferré, immobile, morne. — Soir d'au-
tomne.

Tout à coup on voit descendre de la montagne une douzaine de chasseurs, joyeux, bruyants, chargés de gibier. En arrivant à la haie
du jardin, le premier chasseur s'arrête.

JACQUES HERMANN, KARL, GRUNDLER, ETC.

KARL.

Encore!

GRUNDLER.

Eh bien, vas-tu t'arrêter avec lui?

Tu sais bien qu'il est drôle à présent.

KARL.

Quel ennui
De voir s'enraciner dans le sol comme un arbre
Celui qui conduisait la chasse !

A Jacques.

Es-tu de marbre
Que ton œil reste mort en voyant des amis ?
Dis, Jacques !

Jacques Hermann ne bouge pas.

GRUNDIER.

Il est tard et le couvert est mis.
Viens donc !

KARL, à Jacques.

Vois ce chamois. Est-ce que sa grimace
Ne te rend pas un peu ton ancien goût de chasse ?
Allons, du cœur ! reviens chasser comme autrefois.
Ce soir, en attendant, soupe avec nous, et bois !
Bois surtout, et beaucoup ; chasse l'ennui livide !
Car, Jacques, vois-tu bien, par cette horreur du vide
Qu'ont principalement les bouteilles, tous coups
Qui font passer le vin des bouteilles en nous,
Leur rendant aussitôt des mesures pareilles,
Font passer le chagrin de nous dans les bouteilles.

GRUNDLER.

Il ne répondra rien. Allons à table !

KARL.

Non!

Il a plus de trente ans été mon compagnon.

A Jacques.

Puisque l'occasion une fois s'en rencontre,
Jacques, tu m'entendras. Il faut que je te montre
Jusqu'où, toi si sensé de toute autre façon,
Tu tournes en ce point le dos à la raison.
— Un gueux qui te déplaît fait la cour à ta fille.
Dans ton autorité de père de famille,
Tu le chasses. Chacun t'en approuve. Une nuit,
Ce va-nu-pieds décampe, et ta fille le suit.
Qu'as-tu fait? Ton devoir. Ta maison est vidée?
Tant mieux! Peux-tu pleurer une dévergondée
Qui plante là son père ainsi qu'un inconnu,
Et qui t'a préféré le premier gueux venu!
Allons, sèche tes yeux et redeviens un homme!
Verrais-tu ce sapin pleurer toute sa gomme
Pour un rameau flétri que tu lui couperais?
Non, un arbre émondé n'en vit que mieux après.
S'il faut qu'un chirurgien t'ampute un doigt, je jure
Que tu croiras pécher envers ta pourriture!

Jacques relève enfin la tête.

JACQUES.

Coupe-moi santé, biens et réputation,
Et je pourrai survivre à l'amputation,
Et ma souffrance après un temps sera calmée;

Car l'argent, la santé, la bonne renommée
Sont des membres qu'on perd sans doute avec douleur,
Les jambes et les bras ; — un enfant, c'est le cœur !

KARL.

Du moment que tu fais des phrases !

JACQUES.

C'est facile
De dire aux gens : — Pleurer longtemps est imbécile ;
Viens boire ; nous aurions tous fait ce que tu fis,
Et nous serions joyeux ! — Tes filles et ton fils
En ce même moment sont dans ta maison pleine,
Tu respires le jour et la nuit leur haleine,
Et tu ne sais, tenant chez toi ton groupe cher,
Ce qu'en ôtant leur souffle il te resterait d'air !
Moi, j'étouffe ! — Pendant les premières semaines,
J'ai fait le fier, je n'ai pas laissé voir mes peines,
Je riais, je chantais, je buvais avec bruit,
Et je ne me roulais par terre que la nuit.
Mais après quelque temps, tout à coup, sans rien dire,
J'ai couru le pays comme un homme en délire,
Et j'ai durant un mois demandé mes enfants
A la police, aux murs, aux animaux, aux vents,
A tout ! Lorsque j'ai vu que c'était inutile,
Je suis rentré, rampant et froid comme un reptile.
Mon âme est morte. Bien que ne fermant plus l'œil,
Je vis couché. Le lit m'habitue au cercueil.
Où la trouver ? J'ai fait mon devoir ? Je t'avoue
Que je n'en suis pas sûr. Quand l'affection noue

Deux pauvres cœurs, elle a peut-être, en y songeant,
D'aussi bonnes raisons que nos raisons d'argent.
Devoir, autorité du père, que m'importe?
J'ai bien fait, vous auriez tous agi de la sorte,
Vous m'avez approuvé de m'arracher le cœur,
Merci bien! Oui, le père est demeuré vainqueur,
Et vous m'estimez tous! Prouve-moi, je te prie,
Que ton estime vaut un baiser de Marie!
Niais, d'avoir troqué mon enfant contre un mot!
Rendez-moi mon enfant, et pas d'honneur plutôt!
Ah! maintenant, sans peur qu'on glose et qu'on babille,
J'ouvrirais au mépris s'il ramenait ma fille!

Il remet son menton sur son bâton et ne donne plus signe de vie.

GRUNDLER, à Karl.

A la fin, viens! tu vois comment il te répond.

KARL, à Grundler.

Plus qu'un mot!

A Jacques.

      Si hargneux que tu sois, comme, au fond,
Je sais que ton aigreur n'est que de la souffrance,
Je te la passe; et quand, selon mon espérance,
Tu ressusciteras, songe que nous t'aimons
Et que ta place est vide à table et sur les monts.

Aux chasseurs.

Et maintenant, allons souper!

Les chasseurs passent. — Depuis quelques instants, le ciel s'est assombri
et est devenu orageux. — Une vieille femme sort de la maison et
s'approche doucement de Jacques.

7 .

JACQUES, MARGUERITE

MARGUERITE.

C'est la nuit, maître.

JACQUES.

Quand n'est-ce pas la nuit?

MARGUERITE.

L'air du soir vous pénètre.

De gros nuages noirs viennent sur la forêt.

Il va pleuvoir. Rentrez, votre souper est prêt.

JACQUES.

J'ai mangé ce matin. Ah! peut-être, à cette heure,

Ma pauvre fille a faim, et me maudit, et pleure!

J'ai mangé. C'est assez d'une fois en un jour.

MARGUERITE.

Baste! est-ce qu'ils n'ont pas la jeunesse et l'amour!

Hans a le bras solide, il aura fait fortune,

Vous verrez.

Accourt un jeune homme essoufflé, un fusil sur l'épaule. Il ouvre rapidement la barrière de la haie et se précipite dans le jardin.

JACQUES, MARGUERITE, IRUND.

IRUND.

Grande joie!

MARGUERITE.

Irund!

IRUND.

J'en apporte une!

Allons, nourrice, on peut rire à présent! Allons,
Il va falloir frapper la terre des talons!

Jacques se lève.

MARGUERITE.

Que veux-tu dire?

IRUND.

Maître, une bonne nouvelle,
Et qui vous va debout remettre la cervelle!

JACQUES, pâle.

Si tu ne parles pas de ma fille!...

Il le menace de son bâton.

IRUND.

Mais si!

C'est d'elle!

JACQUES.

D'elle Attends. J'étouffe un peu.

Après un instant.

Merci.

Vite, à présent!

IRUND.

En train de poursuivre une trace,
Je m'étais écarté du reste de la chasse,

Et j'arrivais au Cou-du-Diable, quand, au bout
Du ravin, dans le creux le plus noir, tout à coup
Je vois sortir du roc, ou plutôt de la tombe,
Un spectre devant qui tout mon courage tombe,
Pâle, maigre, l'air dur, l'œil désireux du mal,
Et la face barbue ainsi qu'un animal.
Il armait un fusil. Cet homme dans cette ombre,
J'en conviens, m'a fait peur un moment. Son œil sombre,
Son fusil, ses habits en haillons, sa pâleur,
Sa barbe, — je l'ai pris d'abord pour un voleur,
Et, ma foi, je me suis serré contre une roche
En me disant : Je vais le tuer s'il approche!
De près, j'ai dit : Tiens, Hans! c'est toi! bonjour! Mais lui,
Dès qu'il m'a reconnu, voilà qu'il s'est enfui,
Comme s'il avait vu Belzébuth. Ma parole,
C'est mal, car nous étions amis depuis l'école,
Et je n'aurais pas cru que le même chemin
Nous vît jamais passer sans nous donner la main.
Par quelle fantaisie absurde et biscornue
Ma figure, — qu'il a, j'en réponds, reconnue, —
La face d'un ami quitté depuis six mois,
Lui fait-elle l'effet d'un fusil aux chamois?
Comme il disparaissait dans le creux, une femme,
— C'était votre fille, oh! j'en jure sur mon âme, —
Venait, et s'est enfuie avec lui.

JACQUES.

Bon! j'y cours.

MARGUERITE.

Maintenant !

JACQUES.

Oui.

MARGUERITE.

Voyez tous ces nuages lourds.

Pas cette nuit !

JACQUES, à Irund.

C'était auprès du Cou-du-Diable?

IRUND.

Tout auprès.

JACQUES.

Mon chapeau ! vite !

MARGUERITE.

Un temps effroyable

Se prépare.

JACQUES.

Faut-il que j'aille le chercher?

MARGUERITE.

J'y vais.

Elle entre dans la maison.

JACQUES, à Irund.

De quel côté les as-tu vus marcher
Quand ils ont disparu?

IRUND.

Vers Saint-Luc.

JACQUES, tout bas.

Et ma fille?

— Elle était, comme lui, n'est-ce pas, en guenille?

IRUND.

Je ne l'ai pas bien vue. Ils ont hâté le pas.

JACQUES.

Tu crains de me le dire. En haillons, n'est-ce pas?

Appelant.

Marguerite!

MARGUERITE, à une fenêtre.

Monsieur?

JACQUES, à Irund.

Elle aimait la parure!

Tu la voyais, jamais tache ni déchirure!

MARGUERITE.

Qu'est-ce que vous voulez?

JACQUES.

Prends ma bourse, et mets-y

Tout ce que tu pourras. — Il ne faut pas qu'ici
On les voie arriver de cette façon vile.
Je les ferai d'abord habiller à la ville
Pour qu'ils rentrent chez eux vêtus comme autrefois.
— En haillons! mon enfant! ses jolis petits doigts!
Je suis un monstre! Et maigre? Une santé si tendre!
Moi qui mangeais ici! Mais c'était pour l'attendre.
Et je mangeais le moins possible.

Marguerite revient avec le chapeau, le manteau et la bourse.

MARGUERITE.

O Dieu! j'entends
Le tonnerre. Attendez.

JACQUES.

Oui, pour qu'ils aient le temps
De m'échapper encore? Ils ne faisaient sans doute
Que passer. Je pourrais perdre leur trace. En route!

MARGUERITE.

Vous avez raison, mais, je ne sais pas pourquoi,
J'ai peur. Je veux du moins aller avec vous.

JACQUES.

Toi!

MARGUERITE.

Oui.

JACQUES, souriant.

Vielle!

IRUND.

Voulez-vous de moi?

JACQUES, avec un signe de tête négatif.

Ni de personne.
Toi, ton souper t'attend, et cette heure-ci sonne
A ton ventre encor mieux qu'à ton horloge. Et puis
Tu dis qu'en te voyant tous deux se sont enfuis.

A Marguerite.

Sois calme. Est-il là-haut un sentier que j'ignore?
Est-ce que, l'an dernier, je n'étais pas encore

Le chasseur renommé pour son pied et ses yeux?

IRUND.

Ça, c'est vrai, par exemple!

JACQUES.

Hier, j'étais très-vieux,

Mais ce soir j'ai trente ans de moins sur les épaules,

Tirant l'oreille à Irund.

Et j'en remontrerais à tous ces jeunes drôles!

MARGUERITE, lui croisant son manteau.

Couvrez-vous bien, au moins.

JACQUES.

Nous serons de retour,

Je calcule, demain, à la chute du jour.

Prépare un bon souper.

A Irund.

Toi, viens que je t'embrasse.

IRUND, l'embrassant.

Bonne chance!

JACQUES.

Ah! que Dieu, qui me fait enfin grâce,

Me mène seulement où ma fille sera,

Et puis, qu'il fasse après de moi ce qu'il voudra!

SCÈNE TROISIÈME.

Le Cou-du-Diable.

Nuit noire, déchirée par des éclairs. Coups de tonnerre se prolongeant dans des rocs d'aspect sinistre. Arbres déracinés par l'ouragan.

Paraît Hans s'arrachant des mains de Marie. Tous deux déguenillés. Hans a un fusil à la main.

HANS, MARIE.

MARIE.

Hans!

HANS.

Laisse-moi. Tes cris me fatiguent l'oreille.

MARIE.

Je ne te laisse pas dans une nuit pareille!
Où vas-tu?

HANS.

Que t'importe?

MARIE.

Oh ! qui te pousse ici ?

Je n'avais jamais vu tes cheveux droits ainsi.

Tu me fais peur. Tantôt, en rentrant de la chasse,

Un trouble si profond bouleversait ta face

Que je n'ai pas osé te parler seulement.

Tu n'as pas dit un mot. Les heures lentement

Passaient. Le soir tombé, plus noir que l'antre sombre,

Immobile, tes yeux faisaient deux trous dans l'ombre.

Tu t'es levé soudain et t'es mis à courir.

Où vas-tu ? Réponds-moi, car je me sens mourir.

HANS, la repoussant brutalement.

Lâchez-moi !

Elle le lâche effrayée.

Cette nuit est hideuse.

Voyant qu'elle pleure.

Marie,

C'est ta vie à présent, ô ma pauvre amaigrie,

De regarder tomber tes larmes sur tes pieds.

MARIE.

Que me faisaient mes pleurs quand vous les essuyiez ?

HANS.

Quel temps !

MARIE.

Rentrons, veux-tu ?

HANS.

C'est une nuit féroce !
— Dans l'antre que je t'ai donné pour lit de noce?

MARIE.

Viens.

HANS.

Votre père est riche, et vous aviez chez lui
Un oreiller meilleur. Pourquoi l'avez-vous fui?

MARIE.

Calme-toi, Hans.

HANS.

Mon Dieu! que faut-il que je fasse?
J'avais un vieil ami dans mon fusil de chasse,
Et les chamois tombaient sous mon plomb par troupeau.
Ah! mon plomb maintenant leur glisse sur la peau!
Mon fusil me trahit! J'ai, toute la journée,
Couru dans la forêt comme une âme damnée ;
Je n'ai pas rapporté seulement un oiseau.
Nous avons mangé hier notre dernier morceau
De chevreuil. — Le mépris hors des villes nous chasse.
Dans cette forêt fauve, à la plus noire place,
Nous avons pris un antre aux brutes, et voici
Que la chasse à présent va nous manquer aussi.
Tu meurs!

MARIE.

Je n'ai pas faim.

HANS.

Tu meurs! Si le ciel tarde
A nous secourir, tremble! Oui, car, quand je regarde
Le gouffre de torture où je te sens rouler,
J'ai des tentations parfois de t'étrangler.

MARIE.

Dieu nous mène à son but par une obscure route.

HANS.

Ah! ce n'est qu'au démon qu'elle aboutit! — Écoute,
Nous ne pouvons ainsi passer un temps très-long.
Et, d'abord, je n'ai plus de poudre ni de plomb.
Ainsi, tu vas mourir de faim dans ce repaire.
Une dernière fois, retourne chez ton père.

MARIE.

Non.

HANS.

Non?

Il hésite, puis brusquement.

Que fais-tu donc ici? — Faim et mépris,
C'est trop. On peut trouver d'un cœur un meilleur prix.
Les filles qui n'ont pas besoin d'être estimées
Ont aisément de l'or, des tables renommées,
Les gibiers, les poissons, les vins exquis, enfin
Le prix de leur vertu. Vous, vous mourez de faim,
Et vous êtes pourtant — ma maîtresse.

MARIE.

Nous sommes
Mariés devant Dieu. Que m'importent les hommes?

HANS.

Mariés devant Dieu? De fait, ça m'en a l'air.
L'ouragan dit la messe et le cierge est l'éclair.
— Fille!

MARIE.

Vous me traitez d'une manière horrible.

HANS.

Ce n'est pas sans raison que dans ce lieu terrible
Nous sommes face à face, et ce n'est pas pour rien,
Enfant, que le tonnerre est de cet entretien!

MARIE.

Tu ne m'as pas à ces affronts habituée.

HANS.

Je ne veux plus de toi! Va-t'en! Prostituée!

MARIE.

Vous devez bien souffrir pour être si méchant!

HANS.

Va-t'en!

MARIE.

Je vous pardonne, ô mon cher Hans, sachant
Que c'est le désespoir qui parle, et non la haine.
Je ne peux vous laisser ainsi. Si je vous gêne,
Abandonnez-moi; mais, voyez-vous, c'est juré,

Ce ne sera jamais moi qui vous quitterai.
N'en parlons même plus. Retourner chez mon père,
Et manger tous les jours, et faire bonne chère,
Pendant que vous seriez sans un morceau de pain !
Jamais ! J'aimerais mieux cent fois mourir de faim.
Donc, je vous dis cela d'une bouche sincère,
Si vous vous sentez las d'une double misère
Et d'avoir jour et nuit ma maigreur sous vos yeux,
Laissez-moi là, partez, et cela sera mieux,
Ami, que d'accabler d'un mépris trop facile
Une enfant qui pour vous s'est fermé tout asile.

HANS.

Tu restes ? même après cet affront ? tu le veux ?

MARIE.

Je t'abandonnerai quand tu seras heureux.

HANS.

N'en parlons plus.
La regardant avec une pitié douloureuse.

         O pauvre enfant ! je t'ai blessée.
Va, les mots que j'ai dits sont loin de ma pensée.
Ce n'est pas de mépris que je suis animé.

MARIE.

Vous m'avez reproché de vous avoir aimé !

HANS.

Tu n'as pas compris. Non. Pour t'arracher ta chaîne,
Je devais essayer de tout, jusqu'à ta haine.
J'espérais que l'excès de mon indignité

Te chasserait. Mais crois que cela m'a coûté.
Je te reprocherais ton dévoûment sublime!
C'est moi qui te ferais de mon bonheur un crime!
Si je respecte au monde une femme, c'est vous,
Et je devrais toujours vous parler à genoux!
Oh! je suis à tes pieds, chère faute céleste!
— Nous nous en tirerons comme nous pourrons. Reste.
J'ai fait ce que j'ai pu, les anges sont témoins.
— Maintenant, va dormir.

MARIE.

Et toi?

HANS.

Je te rejoins.

Mais j'ai le front brûlant. Laisse-moi. Cette pluie
Me fera du bien.

MARIE.

Mais...

HANS.

Crains-tu que je te fuie

Je n'en ai pas le droit. Sois tranquille.

MARIE.

Pourquoi

Ne me permets-tu pas de marcher près de toi?

HANS.

Laisse-moi seul un peu. Rentre.

MARIE.

Ami, je vous quitte,

Mais revenez bientôt, n'est-ce pas?

HANS.

Tout de suite.

Va.

Marie s'en va.

HANS, seul.

Maintenant, je dis devant Dieu qui m'entend :
Il faut que cette femme ait à manger pourtant.
Il ne s'agit pas là de scrupule frivole.
C'est résolu : s'il passe un vivant, je le vole.
J'ai reculé tantôt, en face d'un ami ;
Mais je ne connais plus personne! Assez gémi.
— Ah! oui, je dis cela parce qu'il vente et tonne
Et que j'espère bien qu'il ne viendra personne.

Il se met à marcher.

Elle, a-t-elle hésité? Non pas pour un danger
Comme le sien, non pas pour que j'eusse à manger,
Rien que pour essuyer dans mes yeux une larme,
Elle, femme, elle a tout accepté : le vacarme
Des malédictions, l'injure à chaque seuil,
Son père dont la honte avance le cercueil,
L'église qui la damne, et l'horrible misère.
Et moi, quand elle manque ici du nécessaire,
Quand ce n'est pas d'amour mais de pain qu'il s'agit,
Quand c'est tout qui lui manque, et que la faim rugit,
Et que déjà la mort — cette mort-là — circule

Dans sa veine — alors, moi l'homme, j'ai mon scrupule !
Lâche ! — Je pense à moi quand je la vois mourir !
Elle s'est oubliée en me voyant souffrir !
Je suis très-vertueux, je laisse, sans rien faire,
Mourir celle qui m'a sacrifié son père !
C'est impossible !

Tout à coup il tremble de tout son corps.

Là, dans ces roches... — Non ! Si !
Un homme... — Épargnez-moi, mon Dieu ! s'il vient ici.
Cet homme... oh ! mon destin me saisit ! — Il me semble
Qu'il s'en va. Non, il vient. Il le paiera ! Je tremble.
Elle a faim ! elle a faim ! D'ailleurs, pourquoi vient-il ?
— Oui, mais s'il se défend ? Eh bien, j'ai mon fusil.

Il attend. — Un homme paraît.

HANS, armant son fusil.

La bours... —

L'HOMME.

La charité, s'il vous plaît !

Hans regarde l'homme, et voit un vieillard en guenilles, nu-tête et pieds
nus, besace au dos. Le vieillard, de son côté, regarde Hans un
moment, puis éclate de rire.

HANS, LE MENDIANT.

LE MENDIANT.

Ah ! l'histoire
Est bonne ! Excusez-moi. C'est que la nuit est noire.

8

. **HANS.**

Un mendiant !

LE MENDIANT.

Ah ! ah ! vous vouliez !... — Et moi donc !
Je ne vous prenais pas pour un voleur, pardon.
Un fusil sérieux. — Votre main, mon brave homme.
Moi, je ne suis pas fier. Que voulons-nous, en somme,
Tous deux ? l'argent d'autrui. Le moyen m'est égal.
Qu'est-ce donc qu'un voleur ? un mendiant brutal.

Il veut prendre la main de Hans, qui la retire. Il continue.

Seulement, le moyen est plus ou moins habile,
Et ton fusil, mon cher, ne vaut pas ma sébile.
Je voudrais bien savoir, ô mon pauvre brigand,
Ce qui t'a fait choisir ce métier fatigant ?
Tu vis au fond d'un bois plus propice aux rencontres
De trous que de goussets et de rocs que de montres.
C'est absurde. — Voleurs, mes frères, je vous plains.
Et, si vos sacs un jour par miracle sont pleins,
Quel agrément de voir, pour vagues pénitences,
Les cordons de la bourse allongés aux potences !
Veux-tu suivre un conseil d'ami ? viens avec moi
Te faire mendiant.

HANS.

Mendiant !

LE MENDIANT.

Eh bien, quoi ?
Voudrais-tu m'affliger de ta délicatesse,

Bandit? C'est ton métier fait avec politesse,
Et privé de gibets. Telle est l'humanité
Qu'un donne par bon cœur et vingt par vanité.
On a ses mendiants dans les bonnes familles
Par la même raison que des chiens et des filles.

HANS.

Oui, vous êtes les chiens; — j'aime mieux être un loup.

LE MENDIANT.

Aime-le mieux, mon cher escroc, si c'est ton goût;
Mais si c'est par fierté, je te trouve sans gêne,
Étant ce que je vois, d'insulter Diogène!
Que penses-tu donc être? En demandes-tu moins
Parce que tu le fais la nuit et sans témoins?
On me donne, tu prends. Beau motif d'insolence
Que tu sois obligé d'user de violence!
Lequel est plus flatteur, brigand, daigne y penser,
De séduire une fille ou bien de la forcer?
Mendiant! conquérant par la parole seule!
Don Juan de la bourse, effroyable bégueule!
Mendiant! si tu veux cesser d'être un manant,
Ne prononce jamais ce mot qu'en t'inclinant.

HANS.

Drôle!

LE MENDIANT.

Votre métier est presque égal au nôtre
Sur un point. Nous vivons en plein air l'un et l'autre.
As-tu la même horreur que moi des gueux obscurs

Dont la vie accroupie étouffe entre des murs

Et qu'on voit empester leurs trous de leurs haleines,

Gens de bureau, marchands, ministres, rois et reines?

Il me faut de l'espace et du jour, il me faut

Le plafond sidéral, que je trouve peu haut!

Je me laisse embrasser par toute la nature!

Dans ma haine de toute espèce de clôture,

Ma guenille ouvre à l'air des portes sur ma peau.

J'ai pour souliers la terre et le ciel pour chapeau!

Sur ce point, tu me vaux, bandit, et je t'accorde

Que ton accoutrement montre déjà ta corde.

Tu m'es inférieur sur tous les autres points.

Oh! froisse, si tu veux, ton fusil dans tes poings,

Sais-tu ce que je suis? Un rêveur. Un poëte.

J'aime les ponts! l'été, surtout les jours de fête,

Quand sur le flot grondant passe le fleuve humain,

Ma sébile à mes pieds, mais sans tendre la main,

Je regarde le vent gonfler les blanches voiles,

Et le couchant rougir, et l'eau s'emplir d'étoiles,

Et je laisse, absorbé dans ce bonheur complet,

Les passants à mes pieds mettre ce qu'il leur plaît.

J'accepte leur argent, — mais sans reconnaissance.

Ils m'en devraient plutôt. C'est pure complaisance

De ma part d'accepter leurs misérables dons;

Car c'est royalement que nous les leur rendons :

Être celui qui donne est la suprême ivresse

De l'amour-propre humain! comme ça vous caresse

D'être supérieur et grand — pour un liard!

S'il en est de vraiment attendris, par hasard,
Ils me donnent du cuivre, et je leur rends la joie
D'une bonne action où le cœur se déploie,
Et le plaisir de faire un sort un peu plus doux,
Et Dieu qui dit tout bas : — Je suis content de vous!
Je reçois et je donne. Eh bien, quoi! je trafique.
Je suis un commerçant splendide et magnifique!
Les autres tout au plus vendent du pain, du sel,
Des bijoux, de l'or ; — moi, je suis marchand de ciel!
Conscience qui rit, orgueil, vie immortelle,
Je donne tout cela pour une bagatelle.
— Et tu mépriserais les mendiants, filou! —
Qui veut le paradis? je ne le vends qu'un sou!

HANS.

Passez votre chemin.

LE MENDIANT.

Tu ne veux pas en être ?
C'est comme il vous plaira, marquis. Tout homme est maître
D'être crétin. — N'importe, il ne sera pas dit
Que je n'ai pas aidé mon frère. Vil bandit,
Vois mon costume. Il est d'apparence modeste :
Incline-toi! j'ai là, cousus dans cette veste,
Quelques petits liards. Seigneur coupe-jarret,
Prince des grands chemins, sire de la forêt,
Majesté de minuit, sans choquer votre trône,
Un mendiant peut-il vous offrir son aumône?

HANS.

Va-t'en, drôle!

LE MENDIANT.

Il ne faut, sire, qu'un ou deux coups
De ciseaux dans ce drap.

HANS.

Va-t'en! ou je découds
Ton habit et ta peau!

LE MENDIANT.

Je pars. Mais quelle buse!
Il demande la bourse, et puis il la refuse!
— Crève donc!

Il s'éloigne.

HANS, seul.

Je n'ai pu — misérable fierté! —
Souffrir qu'un mendiant me fît la charité.
De l'orgueil? de quel droit, au fond de cet abîme?
Oui, j'ai fait respecter la dignité — du crime!
Idiot! — Mais subir la pitié de ce gueux!
— Parbleu! si je m'amuse à causer avec eux!
Il fallait, du plus loin que je l'ai vu, lui mettre
Dans la tête une balle. Il en est temps peut-être
Encore. Oui, je le vois. Tu ne riras pas, quand

Je prendrai tes liards! Tiens, noble trafiquant,
Du plomb pour de l'argent! — Ah! le rocher le cache!
— S'il reparaît!... — Plus rien. — Ça fait deux que je lâche!
Et cette fille meurt. Moi, je reste innocent;
Misérable! Oh! s'il vient un troisième passant,
Il n'approchera pas! Oui, ma seule prière
Est qu'il vienne quelqu'un!

Il tressaille.

                    Encor! toute la terre
Va donc passer ici cette nuit! — Plus un mot.
Marie.

Il vise et tire.

        Il est tombé.

A son fusil.

            Toi, je te hais!

Il le jette violemment.

Il reste immobile et muet. — Après un instant.

                            Il faut
Que j'aille le fouiller. Je ne suis pas timide,
Mais le voir! le toucher! sentir son linge humide!
Retirer ma main rouge! Oh! jamais je n'aurai
La force d'aller là. — D'abord, ai-je tiré?

Il ramasse son fusil et regarde.

Oui. — Je n'oserai pas!

Il pleure. — Tout à coup.

                Il le faut!

Il s'élance.

Un moment après, il revient, à pas lents, chancelant, une bourse
à la main.

C'est infâme.

— J'ai la bourse. — Voilà ce que pèse mon âme.
Voilà combien cela se vend. C'est bon marché. —
Oui, tonne encor plus fort, ciel. — Lorsque j'ai touché
Sa chair, dans ce grand bruit de l'orage et du râle,
Un moment j'ai senti que le trou de la balle
S'élargissait, ma main y passait, puis mon bras,
Puis mon corps tout entier. Oui, gouffre, tu m'auras !
— Revoir Marie après cela ! j'ai presque envie
De fuir. Et puis, mêler ce cadavre à sa vie !
— Je n'ai pas vu cet homme. Oh ! j'ai fermé les yeux
Pour pouvoir le fouiller. Était-il jeune ou vieux ?
Je ne sais. — J'ai commis une action impie.
— La pauvre fille en pleurs dans le roc accroupie
Mangera. — J'étais plein de sentiments humains !
— Quoi ! ce meurtrier-là, c'est moi !

LA VOIX DE MARIE.

Hans !

HANS.

Quelles mains

Hans aura maintenant !

LA VOIX DE MARIE.

Hans !

HANS.

Tonnerre imbécile
Et criminel, auquel il était si facile
De me broyer avant le meurtre, et dont les coups
Sont pour des sapins!

MARIE, paraissant.

Hans!

Elle l'aperçoit.

· Ah!

Elle court à lui.

Cher Hans!

HANS, MARIE.

HANS.

Ah! c'est vous!

MARIE.

Oui, j'avais cru — j'en suis encor toute glacée —
Entendre...

HANS.

Entendre?

MARIE.

On est aisément insensée
Dans une telle nuit. J'avais cru...

Lui prenant la main et la mettant sur son cœur.

— Tiens, bat-il! —

Entendre...

HANS.

Parle donc !

MARIE.

Un coup de ton fusil,
Et puis comme un grand cri. Tu m'avais renvoyée ;
Alors — oui, c'est bien fou — je me suis effrayée
Et j'ai craint... Mais tu vis ! merci !

HANS.

Ce sont les bruits
Des forêts. — Me tuer ? est-ce que je le puis ?

MARIE.

Non ! J'étais folle. Ris de ma peur, pour ma peine.

HANS.

Le vent a quelquefois comme une voix humaine.

MARIE.

Oui, c'est évidemment le bruit du vent que j'ai
Pris...

HANS.

Quant à mon fusil, il n'était pas chargé.

MARIE.

Ainsi !

HANS.

Meure qui veut ! c'est le moment de vivre.
Souris, pauvre affamée, au jour qui te délivre.
Le destin a cela pour lui qu'il est changeant.

Tu vas pouvoir manger du pain. J'ai de l'argent.

MARIE.

De l'argent!

HANS.

De l'argent. La somme est assez forte,
Je crois. Tiens.

Il lui donne la bourse.

MARIE.

D'où te vient cet argent?

HANS.

Que t'importe?

Tu vas pouvoir manger.

MARIE.

Quelqu'un t'en a fait don?
Qui? Tu ne réponds pas. Mais alors tu l'as donc?...

Il ne répond pas.

O mon Dieu!

Ils restent accablés tous deux.

HANS.

Vous avez laissé tomber la bourse.

Il la ramasse et la lui tend.

Prenez-la.

MARIE.

Je ne puis.

HANS.

C'est la seule ressource

Que nous ayons. Allons, est-ce le dernier mot?
En voulez-vous, ou non?

MARIE.

Ami, mourons plutôt.

HANS.

Bien.

Il jette la bourse au loin. — Puis il charge son fusil.

Nous partons, venez.

MARIE.

Où donc?

HANS.

Chez votre père.

MARIE.

Non.

HANS.

Sur-le-champ. J'ai fait assez pour vous, j'espère,
Et j'ai le droit d'avoir enfin ma volonté.
J'ai sacrifié tout et j'ai tout accepté
Pour notre guérison. Je n'ai pas été lâche.
Je n'ai pas fait l'enfant malade qui se fâche
Contre la potion et qu'il faut bien prier.
J'ai bu la médecine horrible sans crier.
Je n'en ai pas laissé dans le verre une goutte.
Je ne suis pas celui qu'un seul échec dégoûte,
Un monsieur délicat, un ouvrier décent.
J'ai fait tous les métiers, jusqu'au crime! — A présent,
Puisque l'aide du crime a l'air de vous déplaire

Et que vous refusez son argent, qu'ai-je à faire?
J'ai droit de renoncer. Je me devais à vous,
Mais je pense pouvoir affirmer devant tous
Que je me suis livré. Nous sommes quittes. Femme.
Je t'ai pris ton honneur, je t'ai donné mon âme.
— Je vais vous reconduire au seuil où je vous ai
Prise une nuit, l'amour dans ma bourse, insensé!
Venez. Je vous attends. Vous avez beau vous tordre
Les mains. Ceci n'est plus un conseil, c'est un ordre.
Venez-vous? je le veux!

Marie se met en marche machinalement. Brusquement, Hans l'arrête.

Pas par ici!

MARIE.

Pourquoi?

HANS.

Pas par ici!

Il lui saisit le bras. — Un éclair.

MARIE, voyant la main de Hans.

Ce sang!...

Elle se met à genoux devant lui.

Hans, pardonne-le-moi!

SCÈNE QUATRIÈME.

Une vaste salle chez Jacques Hermann.

Entre M RGUERITE, une chandelle à la main.

Personne! il tarde bien! Sans doute il aura dû
Suivre jusqu'à Saint-Luc son cher enfant perdu.
Pauvre vieux! par ce temps! Pourvu qu'il les ramène!
Comme il les serrera sur son cœur pour sa peine!
Quel orage effrayant! il ne s'est adouci
Qu'au jour.

On frappe à la porte du fond.

Si c'était eux!

Elle va ouvrir. Entrent Hans et Mario.

Non.

HANS, MARIE, MARGUERITE.

HANS.

Le maître d'ici?

MARGUERITE.

Que lui voulez-vous?

Voyant leurs vêtements misérables.

Oui, vous voulez qu'il vous donne? — Est-ce que c'est la nuit qu'on demande l'aumône Et le fusil en main?

MARIE.

Je suis Marie.

MARGUERITE, *la regardant et finissant par la reconnaître.*

Hélas!

Elle se met à sangloter. Puis tout à coup se jette sur elle et l'étreint dans ses bras.

MARIE.

C'est moi.

MARGUERITE.

Pardonnez-moi, je ne vous voyais pas... Avec cette chandelle...

HANS.

Et puis, je l'ai changée.

MARGUERITE.

Non, mais c'est qu'on n'a plus d'yeux quand on est âgée.

Je vous reconnais bien maintenant! Ah! ce jour
Est donc venu! c'est vous! vous voilà de retour!
La maison va chanter. Ah! quelle longue attente!
— Et vous aussi, monsieur, la maison est contente
De vous voir! — Mais où donc est le père?

MARIE.

Comment?

MARGUERITE.

Il vous aura quittés, n'est-ce pas? un moment,
En voyant un ami, pour lui crier sa joie?
— Eh bien, en vous trouvant, qu'a-t-il dit? Quelle proie
Pour ses pauvres vieux bras!

MARIE.

Mon père! que dis-tu?

Nous ne l'avons pas vu.

MARGUERITE.

Vous ne l'avez pas vu!

MARIE.

Non! — Où? quand?

MARGUERITE.

Cette nuit! dans la forêt!

MARIE.

Mon père!

Par cette affreuse nuit! qu'est-ce qu'il allait faire?

MARGUERITE.

Il allait faire grâce et demander pardon.

9

Mais si ce n'est pas lui, qui vous ramène donc
Aujourd'hui?

HANS.

Ce n'est pas un auteur de la vie!

MARIE, à Marguerite.

Parle! parle!

MARGUERITE.

D'abord, il vous avait suivie
Partout pendant un mois sans vous trouver, et puis
Il était revenu pleurer dans le pays.
Il restait là, muet et froid comme la pierre.
Il était presque bon à mettre au cimetière,
Le cher homme! et les vers en avaient appétit,
Lorsqu'hier un chasseur qui rentrait l'avertit
Qu'il avait rencontré monsieur dans la montagne.
Voilà qu'à ce moment l'espérance le gagne,
Et que, vite prenant son bâton à la main,
Il demande l'endroit et se met en chemin.
Je m'effrayais un peu par une nuit pareille,
Et j'ai voulu du moins le suivre. Il m'a dit : vieille!
En vous voyant, j'ai cru qu'il vous avait trouvés.
Mais qu'est-ce que ça fait? les enfants sont sauvés!
Il reviendra pleurant, penchant sa tête grise,
Morne, — et vous verra là. Quelle bonne surprise!
Venez toujours manger.

MARIE.

Je n'ai pas faim, merci.

MARGUERITE.

Et vous, cher monsieur Hans?

HANS.

Je n'ai pas faim.

MARGUERITE, contemplant Marie.

Ainsi,
Vous voilà! Le bon Dieu vous rend à mon cher maître!
C'est la seconde fois qu'ici je vous vois naître!
Mais votre père peut tarder, vous feriez bien
De manger un morceau.

MARIE.

Merci, je ne veux rien.

MARGUERITE.

Vous allez m'en vouloir à la fin, si j'insiste.
Faites à votre goût. Mais vous avez l'air triste?
Moi, je ris. Le foyer est au complet, mon Dieu!
Je vais préparer tout et mettre l'oie au feu.

HANS, MARIE.

MARIE.

Je vous en prie encor. Pourquoi m'avoir contrainte
Et jusqu'ici traînée? Ah! je me meurs de crainte!
Hans, ce bois va crier ce dont il fut témoin!
Il aurait mieux valu nous en aller bien loin;
Notre présence au bas de ce mont nous dénonce.

Je vous ai supplié; mais pour toute réponse,
Hans, vous pressiez le pas. Nous serions arrivés
De jour sans ma faiblesse et mes pleurs; vous m'avez
Permis de m'arrêter pour que je me repose
Et de n'entrer au bourg du moins qu'à la nuit close.
Eh bien, puisque personne encor n'a pu nous voir,
Rien n'est encor perdu. Hans, partons! dès ce soir!
Fuyons! disparaissons! Nous prierons Marguerite
De se taire. Oh! je suis à vos pieds, fuyons vite!
Chaque instant qui s'écoule emplit mon cœur d'effroi.
Faites-moi cette grâce. Eh bien, répondez-moi.
Que vous ai-je donc fait pour vous voir si sévère?
Parlez-moi, Hans. Il faut vous sauver!

HANS.

Pourquoi faire?

MARIE.

Je veux que vous viviez!

HANS.

Vivre! qu'appelez-vous
Vivre? Est-ce partager un antre avec les loups,
Et vous y voir mourir de faim et de démence?
Ça m'a coûté trop cher pour que je recommence.

MARIE.

Hans, pour que vous viviez, j'aurai tout dévoûment,
Jusqu'à vous laisser seul dans votre dénûment!
Il en est temps encor, pars de ce lieu funeste,
Va-t'en! oui, s'il le faut pour te sauver, je reste!

HANS.

Vivre avec vous de moins — et cette nuit de plus !
Bah ! — Vous m'auriez quitté lorsque je le voulus,
Que vous auriez hâté l'heure qui me délivre.
Vous n'aviez qu'un moyen de me forcer à vivre,
C'était d'avoir hier un honneur moins altier
Et de vivre avec moi de mon nouveau métier.
Je vous appartenais, et, pauvre vagabonde,
Je n'avais pas le droit de m'en aller du monde
Tant que mon bras pouvait vous nourrir un seul jour.
Mais puisque je n'ai rien fait avec mon amour,
Puisque je n'ai rien fait avec mon meurtre même,
Puisque mon âme en vain a reçu ce baptême
De sang, puisque vos mains ont refusé d'ouvrir
Cette bourse d'enfer, — merci ! je peux mourir.

MARIE.

Hans ! je n'ai pas d'abord, dans cette nuit affreuse,
Compris votre action terrible et douloureuse,
Et j'ai peut-être eu l'air de rejeter sur vous
Ce que vous avez fait pour moi, non pas pour nous.
Pardonne-moi. D'abord, tu m'avais avertie,
C'est ma faute, pourquoi ne suis-je pas partie ?
J'étais là, t'excitant, souffrant, mourant. Oh ! croi
Que je n'ai dans le cœur que tendresse pour toi.
Ami, ce sang qui teint ta main moins que la mienne
T'aurait été moins dur à tirer de ta veine !
Tu n'aurais jamais fait cette action pour toi.

C'est moi qui t'ai poussé le bras. Oh! donne-moi
Ta main, que je la baise, ô sanglante victime, .
Martyr! Dis, pourras-tu me pardonner ton crime?
Moi, t'en vouloir! rougir de toi! te reprocher
Ce que j'ai fait! Ami, viens avec moi chercher
La bourse! J'ai trop faim pour être scrupuleuse,
Et, s'il le faut, eh bien, je me ferai voleuse!

HANS.

Il n'est plus temps!

MARIE.

C'est moi qui volerai!

HANS.

Jamais!

MARIE, à Hans.

Silence!

MARGUERITE, allant regarder à la porte du fond.

Pas encore! Eh bien, je lui promets
Un bon sermon! — Là-bas, — venez donc voir, madame,
Tenez, — qu'est-ce qu'ils ont à faire cette flamme?
Des torches! voyez!

Une vague rumeur dans la rue. Marguerite appelle.

Fritz, où cours-tu donc si fort?

Qu'est-ce?

UNE VOIX D'ENFANT.

Je ne sais pas, madame, c'est un mort

Qu'ils viennent de trouver là-bas sous une roche.
Monsieur le curé dit qu'il faut sonner la cloche.

L'enfant passe. Marguerite sort précipitamment par le jardin.

MARIE.

Ami, je ne sais pas ce qui va se passer,
Mais avant de mourir je veux vous embrasser.

HANS.

Non ! ne te mêle pas à cela, femme ! arrière !
L'action m'appartient ! je la veux tout entière !
Maintenant surtout !

La cloche commence à sonner comme pour les agonisants. — Un grand bruit de pas et de voix.

MARIE.

Hans !

HANS.

Dieu me juge aujourd'hui.

MARIE, *s'agenouillant.*

Prions.

HANS.

J'ai trop prié !

La porte du fond s'ouvre. Entre une troupe de chasseurs, Karl en tête, portant un cadavre. Une foule de femmes et d'enfants les accompagne. Marguerite revient, la figure dans son tablier. La cloche tinte toujours.

MARIE.

Mon père ! ah !

Elle se jette sur le cadavre.

HANS, à part.

C'était lui.

HANS, MARIE, LES CHASSEURS; ETC.

KARL, à Marguerite.

Nous avions appelé saint Hubert à notre aide,
Et nous étions bientôt au haut du sentier raide,
Lorsque nous avons vu notre cher compagnon.
Ah! nous avons eu beau l'appeler par son nom
Et vouloir réchauffer son vieux corps insensible.
Lorsque nous avons vu que c'était impossible,
Nous l'avons rapporté tristement à son seuil.
C'est une mort qui met tout le village en deuil.
On cherchera longtemps un chasseur qui le vaille.
Il avait le pied vif. Mais, si vite qu'on aille,
La mort aura toujours le pied plus prompt que nous
Je me souviens qu'un jour il a tué deux loups.
Deux dans le même jour! Son poignet était ferme.
Notre vieux camarade est maintenant au terme,
Et son âme est allée où nous irons aussi.
Nous vous le rapportons pour qu'on l'enterre ici.
Ses pères lui feront sa place dans leur couche.
Il était là, la main sur sa plaie, et sa bouche
Était ouverte et, morte, essayait de crier.
Nous le vengerons. Oui. Bien sûr!

MARIE, se levant.

> Le meurtrier!
Le meurtrier! Il faut qu'il vienne, et que je l'aie
Entre mes mains! — Mais oui, c'est un meurtre! la plaie
Saigne encor! — L'assassin!

Elle va vers Hans et lui prend le bras.

> Tu le trouveras, toi!

Tout à coup elle lui lâche le bras et recule.

Non! il n'a pas été tué!

HANS.

> Si fait. Par moi.

Stupeur et fureur dans la foule.

MARIE.

O mon Dieu!

VOIX DANS LA FOULE.

C'est un crime effrayant!

HANS.

> Il me semble
Que j'ai depuis longtemps l'air d'un homme qui tremble.
Oui, — toutes vos vertus ont droit de s'exhaler, —
Oui, j'ai tué cet homme, et c'est pour le voler.

VOIX DANS LA FOULE.

Un forfait monstrueux! — Étranglez-le! — L'infâme!
— Assassiner! — Voleur! — Le père de sa femme!
— Qu'on le tue! — Il ira voir les juges! — Il faut
Qu'on dresse l'échafaud dans le bourg!

MARIE.

L'échafaud!

Le bourreau, n'est-ce pas? avec ses mains maudites!

Ah çà, voyons un peu, qu'est-ce donc que vous dites?

Vous voulez à présent me tuer mon mari!

Vous venez m'annoncer que mon père a péri,

Et pour me consoler vous m'offrz d'être veuve!

Allons donc! — Et d'abord vous n'avez pas de preuve!

Un mot qu'on aura dit sans songer! Eh bien quoi,

Est-ce assez pour tuer un homme? — Écoutez-moi.

Je vais vous expliquer, messieurs. C'est le délire.

Il ne faut pas penser à ce qu'il peut vous dire.

C'est que voici deux jours que nous ne mangeons pas.

Nous n'avions pas de pain quand nous étions là-bas.

Et, voyez-vous, la faim, cela donne la fièvre,

Et les choses que peut alors dire la lèvre

Ne comptent pas. On est vraiment un insensé.

Personne n'a tué mon père. Il a glissé

D'une hauteur. Le pied n'est pas sûr à son âge.

Et puis, je vous demande, est-ce que c'était sage

De courir les rochers par cette nuit d'effroi?

Il faudra cependant lui faire un beau convoi.

Les pauvres mangeront. Oh! la faim, quel martyre!

Mais j'y pense, c'est vrai, j'oubliais de vous dire

Quelle raison mon père avait de se presser?

C'était pour nous revoir et pour nous embrasser!

Et nous l'aurions tué! Ce qui tous vous abuse,

C'est que vous nous croyez brouillés, je vous excuse.

Mais tout était fini, le passé s'effaçait,
Et nous nous aimions tous. Marguerite le sait.
N'est-ce pas? Parle donc! Messieurs, c'est qu'elle pleure.
Les pauvres mangeront chez nous. Notre demeure
Sera la leur. Du pain tant qu'ils voudront. — Eh bien,
Je vous prie en pleurant et vous ne dites rien!
Tous muets!

A Karl.

        Vous, monsieur, dites-leur qu'on nous quitte.
Vous m'aimiez autrefois lorsque j'étais petite,
Et vous m'avez tenue entre vos bras souvent.
— Un jour que vous aviez pris un chamois vivant,
Ce fut pour moi. — J'étais votre petite fille.
Vous me disiez toujours que j'étais très-gentille.
Vous m'aimiez. — Parlez-leur. Ils vous entendront, vous.

KARL.

Nous vous aimons encor et nous vous plaignons tous.
Oui, tous nous déplorons ce jour de grande épreuve
Qui vous va d'un seul coup faire orpheline et veuve.
Mais c'est pour un devoir que nous sommes ici.
Il faut que nous vengions votre père.

MARIE.

                    Merci!
On a tué mon père, eh bien, que vous importe?
La maison m'appartient puisque ma mère est morte!
Que faites-vous chez moi? Je vous trouve hardis.
C'était mon père, et non le vôtre, je vous dis.

Vous l'avez rapporté. Le reste me regarde.
Allez.

Voyant que les chasseurs s'avancent vers Hans.

Ne touchez pas mon mari !

Elle le couvre de son corps.

KARL.

Prenez garde,
Marie ! il a du sang de votre père aux doigts.
Quoique cela soit dur, je fais ce que je dois.
Car le sang veut du sang, et la victime entraîne
Sous terre l'assassin. Nous plaignons votre peine,
Mais cet homme a tué, nous le ferons juger.
Un mort que ses amis négligent de venger
S'agite sans dormir sous sa pierre, et la lève,
Et vient toutes les nuits les menacer en rêve.

A Hans.

En avant, ou je vais te saisir au collet.

HANS, armant son fusil.

Une minute encor, mes maîtres, s'il vous plaît !
Un instant.

Les chasseurs reculent.

Ce n'est pas pour vous demander grâce.
Quoique je voie ici mon crime face à face
Avec toute l'horreur que l'ombre recéla,
Quand cette nuit affreuse accouche de cela,
Quand je tiens le secret qu'elle avait dans le ventre,
Quand je vois quel festin j'apprêtais dans mon antre,

Quand j'ai servi le père à la fille en repas,
Tuez-moi sans pitié, je ne me repens pas.
Nous n'avions pas mangé la veille. Cette femme
Avait faim. Je n'avais à vendre que mon âme.
Nous avons pu manger. Elle t'a, dur enfer,
Rejeté ton pain rouge. Il m'avait coûté cher
Cependant. J'avais fait princièrement la chose,
Certe, et je n'avais pas marchandé, je suppose.
Il eût suffi d'un vol, j'avais assassiné.
Par Satan! je m'étais honnêtement damné.
Donc, je ne peux pas plus me repentir — que vivre.
Vivre! merci. J'ai bu trop de sang, je suis ivre,
Et je ne voudrais pas en reboire demain.
Je sais bien qu'on se fait voleur de grand chemin,
Mais je n'ai pas les reins d'une bête de somme,
Et, tenez, c'est assez de ce corps. — Quand cet homme
Est tombé, j'ai senti, dans ce moment hideux,
Que ce n'était pas lui le plus mort de nous deux.
— Je me préparais donc à me coucher sous terre,
Mais puisque vous m'offrez le bourreau pour me faire
Ma toilette de nuit, soit. Je vous fais serment
Que vos femmes auront leur divertissement;
Ne craignez rien, je n'ai pas l'envie indiscrète
— Tout voleur que je suis — de leur voler ma tête.
Je ne veux que le temps de faire mes adieux
A cette enfant.

> Il s'approche de Marie, gisante et à demi folle.

Adieu, triste fille aux doux yeux.

Qu'est-ce que tu vas faire à présent de la vie,
Pauvre être ? — Adieu. — Dis donc, quand nous avions envi
D'un fils? Voici l'enfant de nos jeunes amours,
Ce cadavre terrible ! — Adieu. — Seule, et toujours,
C'est le doux avenir que le sort te destine,
Entre ce parricide et cette guillotine!
Non, j'ai pitié de toi! Tiens!

Il la met en joue et tire. Marie tombe.

LA FOULE.

Monstre !

HANS.

A dix-sept ans!

Marguerite et les femmes courent à Marie.

MARGUERITE.

Morte!

HANS, *jetant son fusil.*

Vous pouvez dire au bourreau que j'attends.

LIVRE TROISIÈME

I

A ***

Quand l'auteur du seul poëme
Le soir du sixième jour,
Ayant tout fait, fit l'amour,
Il s'en admira lui-même!

Il se dit : — Non, c'est trop beau !
Alors, pour le ciel que faire?

Si je mets cela sur terre,
Que mettre dans le tombeau? —

Il voulut donc nous reprendre
Ce grand amour, près duquel
Toutes les flammes du ciel
Ne seraient plus qu'ombre et cendre.

Mais, comme il vint à penser
Que ses pauvres créatures
Contre cent mille tortures
N'avaient rien que leur baiser,

Il laissa, père flexible,
L'amour au triste univers;
Mais il y mit pour envers
Le plus de douleur possible.

Il fit que, joie et souci,
Pleur qui rit, rire qui pleure,
Notre chose la meilleure,
Hélas! fût la pire aussi.

C'est pourquoi, ma bien-aimée,
Tout nous sépare, et pourquoi

L'avenir est devant moi
Comme une porte fermée.

Parfois, voyant s'abîmer
Notre espoir dans la nuit noire,
Nous en venons à nous croire
Malheureux de nous aimer!

II

A LA MÊME

Oh ! quand, du bord du bois où, dans l'épais feuillage,
Nos rendez-vous faisaient leur nid loin du village,
      Caché derrière un tronc,
J'avais, impatient de ta chère venue,
Crié déjà vingt fois à la porte connue :
      Quand t'ouvriras-tu donc ?

Quand des branches soudain par un oiseau touchées,
Quand des pas de fourmi sur des herbes séchées
      Avaient tous été toi ;
Quand j'avais vu, tirant ma montre de ma poche,
Que mon cœur avançait ; quand, lorsqu'enfin la cloche
      Te sonnait avec moi,

Mon amour insensé qui s'effraye et qui pleure,
S'il ne démêlait pas parmi le bruit de l'heure
   Tes petits pieds charmants,
Avait accumulé dans un quart de seconde
Des révolutions à ruiner un monde
   Jusqu'en ses fondements ;

Quand tu venais enfin!... — alors, larmes de joie,
Ton doux corps que j'emporte ainsi qu'un loup sa proie
   Par les sentiers couverts
Jusqu'à l'endroit secret où personne ne passe ;
Là, sur la mousse en fleur et dans l'étroit espace
   Où tient notre univers,

Ta beauté qui prend feu sous mes lèvres de flamme...
Et puis, après, le corps qui s'éteint, mais non l'âme ;
   L'effacement des sens
Qui nous fait concevoir que les morts puissent vivre ;
L'extase où nous lisons nos pensers comme un livre,
   De notre vie absents ;

Le rabâchage ailé qui dans l'azur babille ;
Les querelles d'amants où le cœur se rhabille,
   Ruptures sans retour
Qui durent bien un quart d'heure, rage soudaine
Qui fait ce qu'elle peut pour être de la haine
   Et n'est que trop d'amour,

Désespoir qui se met subitement à rire;
Tout ce qu'en l'être aimé les amants en délire
     Ont jamais possédé,
Tout ce qui vaut en nous que la langue le nomme,
Enivrement, bonté, méchanceté, tout l'homme
     Dans une heure vidé;

Versant tout dans les fleurs, dans l'herbe, dans la brise,
Dans le chant des oiseaux que notre ivresse grise,
     Dans le printemps vainqueur,
Dans l'éther transparent que le bois nous découpe,
Dans le ciel, — nous buvions l'amour dans une coupe
     Digne de la liqueur !

III

A MOLIÈRE

Molière, que dis-tu de tes *Femmes savantes?*
Trouves-tu que ce soit une bonne leçon?
Les femmes, en effet, sont-elles des servantes
Dont l'esprit ne doit pas sortir de la maison?

Maître, leur dirons-nous : il ne faut pas qu'on lise !
Voir « comme va le pot » est-ce tout leur destin?
Est-ce que leur science a vraiment nom Bélise,
Et que leur poésie est vraiment Trissotin?

Clitandre passe un peu de pensée à la femme,
Mais il ne dit qu'un mot et tout ton drame amer

N'est qu'un éclat de rire à la face de l'âme.
Le vers se couche à plat-Chrysale dans la chair.

Molière, si tu viens quelquefois dans la salle
Quand la foule, emplissant ton Théâtre-Français,
Bat des mains aux beaux vers monstrueux de Chrysale,
Est-ce que tu n'es pas navré de ton succès?

Avec ces vers on fit de toi, pauvre génie,
Le complice du vieux préjugé bestial
Qui voudrait empêcher l'ascension bénie
Des femmes vers le beau, l'azur et l'idéal.

C'est toi qui les retiens, et c'est toi qui leur voiles
Les vérités, et c'est avec des vers de toi
Qu'on leur défend d'avoir des yeux pour les étoiles
Et que l'homme leur dit : — Le soleil est à moi !

C'est de tes mots tranchants que chacun les lapide.
Sitôt qu'une ouvre l'aile et quitte un peu le sol,
Ainsi que sur l'oiseau les grains du plomb stupide,
Le gros sel de Chrysale est tiré sur leur vol.

O grand poëte triste, est-ce toi qui les blesses?
Homme et penseur, ayant double virilité,

N'étais-tu pas l'appui de toutes ces faiblesses?
Ne les voyais-tu pas pleurer de ton côté?

Si le destin est dur, c'est surtout pour les femmes.
Leurs pieds plus délicats saignent de nos chemins.
La loi (nous referons tous ces codes infâmes)
Donne plus à porter aux plus petites mains.

Toi, Molière, qui fus toujours si bon pour elles
Et qui leur as versé ton cœur à plein flacon,
Toi qui fais enlever toutes tes Isabelles
Par le premier Valère errant sous leur balcon,

Toi qui n'as jamais pu voir une fille en cage
Sans venir aussitôt la lâcher en plein air,
Toi qui soutiens l'amour contre le mariage
Jusqu'à nommer parfois les amants Jupiter;

Rieur terrible et doux qui détruis pour refaire,
Toi dont l'œuvre se mêle à tous les droits conquis,
Toi, l'excommunié révolutionnaire
Qui t'es armé du roi pour frapper les marquis,

Toi qui, plus sérieux quand tu sembles fantasque,
Sachant qu'au carnaval la liberté s'absout,

As pris la comédie ainsi qu'on prend un masque,
Toi qui te fais bouffon pour pouvoir dire tout,

Chez qui l'autorité fut toujours mal reçue,
Formidable farceur, Hercule-Turlupin
Dont la baite est mortelle autant que la massue,
Toi qui fais bâtonner les pères par Scapin,

Toi qui veux qu'en tout sens l'homme se civilise,
Toi qui, dans toute nuit allumant ton flambeau,
As sans peur souffleté Tartuffe en pleine église
Et mené don Juan souper dans le tombeau!

Non, tu ne peux pas dire aux femmes : — Le mystère
Ne vous regarde pas! — Tu ne peux pas lier
Aux seuls soucis du corps la moitié de la terre!
Toi le libérateur, tu n'es pas leur geôlier!

Tu ne leur défends pas, dans la cellule étroite
Où leur vie étouffée est en proie aux bourreaux,
De mettre sous leurs pieds leur escabeau qui boite
Et d'essayer de voir le jour par les barreaux!

Ce n'est pas toi qui veux qu'on bouche leur croisée,
Et, n'est-ce pas, Molière, ils ne t'ont pas compris

Ceux qui croient que ton drame eut jamais la pensée
De supprimer d'un coup la moitié des esprits?

Non, tu n'es pas chez nous pour obscurcir les âmes,
Toi qui, l'un des grands jours où tu nous enseignais,
As fait rire — et pleurer — ton *École des Femmes*
Quand Arnolphe éteignit la lumière d'Agnès !

Arnolphe souffrait trop pour parler à Chrysale.
Il l'aurait sans cela prévenu tristement
Que vouloir rejeter dans l'ombre notre égale
C'est une impiété qui devient châtiment.

Non, non ! il suffisait que tu fusses Molière
Pour ne pouvoir éteindre un seul instinct qui luit;
Car c'est le même mot que génie et lumière,
Et tu n'es pas soleil pour faire de la nuit !

Comtes, barons, marquis, ce n'est pas moi qu'on blesse
En parlant d'abolir les titres de noblesse.
Les titres, à mon sens, ont tort de deux côtés :
— D'abord, parce que ceux qui les ont mérités
(Quand ça n'est pas venu de leur scélératesse,
Ou bien d'avoir prêté leur femme à quelque altesse)
Dorment depuis longtemps dans le dernier dortoir
Et que les héritiers lointains que l'on peut voir
Passer superbement sur les places publiques
Portent leur titre ainsi que l'âne les reliques,

Parce qu'on n'est pas grand de la grandeur d'autrui,
Parce que le vrai nom de tout homme c'est lui,
Parce qu'on ne naît pas, parce qu'il faut se faire,
Et parce que chacun est son fils et son père;
— Puis, parce que la foule, ayant les yeux distraits
Par les titres menteurs, ne connaît plus les vrais
Et ne voit plus, laissant la chose pour l'emblème,
Qu'on est duc lorsqu'on pense et prince lorsqu'on aime.

V

Profond enchantement des amours commençantes !
Lorsque tu recevais ces lettres ravissantes
Où son doux cœur de femme à plein flot s'épanchait,
Parfois, au lieu de rompre aussitôt le cachet,
Pour faire plus longtemps durer la chère joie,
Sûr qu'on ne pouvait plus te priver de ta proie,
Tu respirais la lettre avant de la cueillir ;
Et, sentant sous tes doigts les lignes tressaillir,
Tâchant d'en démêler d'avance quelque chose,
Écoutant, à travers l'enveloppe bien close,
Rire et chanter gaîté, beauté, tendresse, espoir,
Comme un babil d'oiseaux qu'on entend sans les voir,
Ravi de deviner ce qu'ils allaient te dire,

Te faisant une lettre au gré de ton délire
Et de la passion qui dans ton âme bout,
Y voulant ça d'abord, puis ça, puis encor tout,
La composant ainsi qu'un affamé se gave
Dans un dîner de noce ou qu'à même une cave
Un ivrogne ébloui n'épargne pas un fût, —
Tu n'y désirais pas un seul mot qui n'y fût.

VI

DANS UN BAL

Les fleurs et les cœurs craignent le grand jour.
   Dans la rose, il sèche
La goutte d'argent qui la tenait fraîche ;
   Dans l'âme, l'amour.

Quel parfum encor, ma fleur adorée,
   Ton cœur et tes sens
Auront-ils pour moi, quand tous ces passants
   T'auront respirée ?

Ah ! que ne peux-tu, triplant tes rideaux,
   Secrète, profonde,

Lointaine, impossible, apparaître au monde,
Des ailes au dos,

Chaste oiseau perdu dans l'idéal, comme
Dans une forêt,
Colombe au cou blanc qu'effaroucherait
Le pas de tout homme ;

Ame qu'on pourrait parfois contempler
Touchant notre sphère,
Contempler de loin, de peur de te faire
Soudain envoler !

Que n'es-tu pour tous un ange de flamme
Dans la nue enfui !
Ah ! quel don alors à l'élu pour qui
Tu te ferais femme !

Comprends-tu — trésor plus grand qu'aucun mot —
Ce qu'alors la femme
Dévoue à celui pour qui seul son âme
Descend de si haut ?

Comprends-tu qu'alors c'est une madone
Dans l'azur trônant

Qui s'éprend d'un homme, et qu'en se donnant
  C'est le ciel qu'on donne?

Mais quel paradis me donneras-tu
  Si ta vie à terre
N'est, à tous les pieds ouvrant son mystère,
  Qu'un chemin battu?

Ton cœur dans tes yeux, à l'astre infidèles,
  Pour tous resplendit,
Et, montrant ton dos, ta robe leur dit
  Que tu n'as pas d'ailes.

VII

Visites, déjeuners, bals où tout pied nous foule,
Subirons-nous toujours ces contacts de la foule
      Par lesquels, jour à jour,
Comme un collier froissé, notre bonheur s'égrène,
Quand nous les haïssons de toute notre haine
      Et de tout notre amour !

Je souffre et je te fais souffrir. O chère femme !
Cher tout ! Et la clarté céleste de ton âme
      Dans tes yeux se ternit.
Si tu veux, emportant loin de cette cohue
Notre félicité dont ils font une rue,
      Nous en ferons un nid.

Nous irons, sur le bord de la mer, en Bretagne
Ou bien en Normandie, au pied d'une montagne,
      Et loin de tout chemin,
Chercher le moindre coin de mousse et de mystère
Où tu puisses tenir l'eau, le ciel et la terre
      Dans le creux de ta main.

Au fond d'un bourg sans nom et d'abord difficile,
Nous nous arrangerons gentiment un asile
      Où, seuls jusqu'à la mort,
Cachés, muets, faisant notre amour invisible,
Nous laisserons le moins de surface possible
      A la flèche du sort.

VIII

A LOUIS BOULANGER

Ton salaire, ô pensée, est l'insulte et la fange.
Jacob n'a pas assez de son duel avec l'ange ;
Cela ne suffit pas, sans l'affront du journal,
Que l'artiste en sueur lutte avec l'idéal ;
Cela ne suffit pas qu'un peintre ou qu'un poëte
Souvent, parlant en vain à son âme muette,
Voie en lui s'effacer le céleste rayon,
Et que, sombre, et jetant sa plume ou son crayon,
Il sente, dans le vent qui lui souffle ses lampes,
L'aile du doute noir lui frissonner aux tempes ;
Il faut que, dans cette ombre et dans ces aquilons,
L'envie aux lâches dents lui morde les talons !
Honte à la gloire ! On n'est jamais assez hostile
A ces bandits, le beau, le vrai, le grand, le style !

Faisons boire le fiel aux divins envoyés,
Et qu'ils aient leur Calvaire après leurs Oliviers !
Crucifions ! C'est peu de l'âpre inquiétude
Qui torture Colomb, et que l'incertitude,
Le prenant d'ignorance et d'onde enveloppé,
Lui demande souvent s'il ne s'est pas trompé ;
Qu'il pense voir, tout blême et respirant à peine,
Comme dans un miroir sur qui passe une haleine,
La terre qu'il rêvait pâlir dans son esprit ;
Il faut qu'en ce moment où son âme périt
Les matelots sans yeux que la révolte gagne,
Brutes qui n'ont quitté qu'à reculons l'Espagne,
Insultent le trouveur et son monde nouveau
Et veuillent retourner, et qu'en ce grand cerveau
Dont la voix par instant s'éteint dans le tapage,
Éperdue et tombée aux mains de l'équipage
Qui la peut d'un seul coup rejeter dans le flot,
L'Amérique se batte avec un matelot !

IX

A UN INSULTEUR

Comme on ne répond pas à ce que tu peux dire,
Comme ta bave insulte impunément Shakspeare,
Le drame, le roman, le lyrisme, tout l'art,
Tu te plais à te croire un terrible gaillard
Et tu te dis gaîment : — L'esprit est redoutable !
Quand tu voudras savoir le genre véritable
De la peur que tu fais aux gens, enferme-toi,
Sans personne, et, tout bas, demande-toi pourquoi,
Quelque terme ordurier dont un boueux l'assaille,
Un passant proprement vêtu fuit la bataille,
Et pour quelle raison l'on peut, même rageur,
Ne pas se colleter avec un vidangeur.

Alors tu finiras peut-être par comprendre
Que, si sur ton passage on évite l'esclandre
Et si tes insultés ne vont pas te chercher,
C'est que pour t'écraser il faudrait te toucher.

Allons-nous-en d'ici ! — Vois, c'est la même pluie
Qui charrie aux égouts dans sa vague de suie
      L'ordure et les limons,
Et qui, là-bas, au fond des bois chers à nos courses,
Sort éternellement en délicates sources
      Du tendre cœur des monts !

C'est du même nuage et de la même goutte,
Au gré du vent tombée, et préparée en route
      Par la rue ou le bois,
Tantôt pour les égouts et tantôt pour les merles,
Que Paris fait sa crotte et Villequier ses perles !
      — Alors, si tu m'en crois,

Puisque tous ces passants, qu'on hait sitôt qu'on aime,
Font de la boue en nous, et que notre amour même
  Que leurs pieds saliront,
Lui qui dans l'herbe épaisse a coulé si limpide,
Devient ici querelle, aigreur, soupçon stupide,
  Éclaboussure au front;

Et puisque l'amour, lui, n'a besoin de personne!
Qu'il faut à l'écrivain la foule où sa voix sonne
  Et l'armée au vainqueur,
Mais que, par un divin privilége, ô chère âme!
Il ne faut pour aimer qu'un homme et qu'une femme,
  C'est-à-dire qu'un cœur;

Allons-nous-en! vivons à nous deux! loin des villes!
Cherchons l'ombre d'un bois où, désormais tranquilles,
  Rien ne trouble le flot
De notre âme, miroir des étoiles profondes,
Jusqu'à ce que le ciel, ayant soif de nos ondes,
  Nous aspire là-haut.

Que fera-t-il de nous? L'eau devient le nuage;
Puis, dans le va-et-vient d'un incessant voyage
  De la mer à l'éther,
Le nuage rend l'eau que le ciel revient prendre;
Et l'eau monte toujours pour toujours redescendre
  Et toujours remonter.

Et nous, monterons-nous aussi pour redescendre?
Cet aller et retour de l'azur à la cendre
      Peut-être est éternel
Jusqu'au jour où, plus purs que l'humaine atmosphère,
Notre limpidité pourra monter sans faire
      De tache dans le ciel.

Je crois que, née au ciel et par le ciel rebue,
Toute existence, goutte ou fleuve, contribue,
      Selon la part qu'on a,
A noircir ou blanchir l'urne d'où tout s'épanche.
Rendons à l'inconnu notre goutte plus blanche
      Qu'il ne nous la donna.

XI

Quand l'infini n'a pas un œil qui le contemple ;
Quand l'ombre allume en vain à la voûte du temple
Les constellations ; quand, ne voyant que lui,
L'homme, se remuant sans sortir d'aujourd'hui,
Est misérablement aux choses transitoires ;
Quand ses digestions sont ses grandes victoires ;
Quand son souper oublie à force de flambeaux
Le noir souper que font les vers dans les tombeaux ;
Quand ce qui doit mourir raille ce qui doit vivre ;
Quand l'admiration est comme une femme ivre
Qui se jette sans honte aux lèvres des passants,
Et que nos plus grands dieux n'emplissent pas dix ans ;

12

Quand nos oreilles sont aux chefs-d'œuvre fermées ;
Quand la critique émiette en grêles renommées,
Plus faciles à mettre en notre esprit étroit,
Le bloc de gloire auquel le génie aurait droit,
De sorte que le beau, par la raison profonde
Qu'il a l'éternité, n'a pas une seconde ;
Quand ainsi la minute est tout notre cadran ;
Quand l'homme naît et meurt quatre cents fois par an ;
Quand, dans ce mouvement plus stérile et plus triste
Que l'immobilité, pas un cœur ne persiste,
Nul ne songe à demain, rien d'hier n'est gardé ;
— Qu'en dis-tu, toi, soleil, qu'Adam a regardé ?

XII

Quel été! pluie à verse, orage, le temps noir;
On n'entend que tonner, on ne voit que pleuvoir.
      Combien de toitures brisées!
Ne cesserez-vous pas là-haut de bougonner?
Quel plaisir l'ouragan trouve-t-il à donner
      Des coups de poing dans les croisées?

L'éclairage est manqué. Pas un coin de ciel bleu
Rassurant comme un pan de la robe de Dieu;
      Le soleil, noyé dans la brume,

N'est plus qu'un lampion oublié dans un coin,
Et ce que nous prenions pour un astre a besoin
  Qu'on mouche sa mèche qui fume.

L'été décidément est pauvrement monté.
Sans attendre la fin, le public irrité
  Siffle le décor terne et triste,
Et, las de ce méchant spectacle, et se levant,
N'entendra pas encor cette fois, quand le vent
  Viendra nommer le machiniste.

XIII

A UN RESSUSCITÉ

Vous voilà donc guéri, c'est la grande nouvelle,
De cette maladie éternelle et cruelle
Qui, pendant dix-huit mois, a sonné votre glas,
Et vous êtes vraiment très-bien portant. Hélas!
— Luttant, et, comme un poids qu'on lève et qui retombe,
Descendant chaque jour plus avant dans la tombe
Où le sol vous étreint avec de sourds transports,
Vous en aviez déjà jusqu'au milieu du corps;
Et voilà tout à coup que vous sortez de terre,
Sauvé, ravi, criant aux cloches de se taire,
Frais, souple, rajeuni, triomphant! Je vous plains.
— La vie est revenue, et vos yeux en sont pleins,
Vous allez embrassant tout ce qui vous rencontre,
Vous ne vous lassez pas de tirer votre montre,

Et vous étudiez, d'un regard hébété,

Le peu de temps que dure une heure de santé.

Le monde autour de vous est comme un gai poëme!

Vous êtes! vous venez de vaincre la mort même!

Ami, je vous plains. — Si vous aviez entendu,

Lorsque le médecin jadis vous crut perdu,

Votre femme éclater en un sanglot terrible!

Ce fut vraiment chez vous une journée horrible;

On jurait de vous suivre, on avait trop besoin

De vous, et les serments prenaient tout à témoin.

Vous mort! vous enfoui sous la terre glacée!

Qui donc aurait pu vivre avec cette pensée?

Mais vous étiez toujours mourant et jamais mort.

Au lieu de profiter de ce premier transport,

Votre hésitation tenace et singulière

A vous faire clouer pour de bon dans la bière

Obligeait la douleur des vôtres à durer.

On se lasse de tout, et même de pleurer

Et puis, vos chers amis sonnaient à votre porte,

Et parlaient. « Chaque jour la tombe nous emporte;

C'est le père aujourd'hui, ce sont les fils demain;

Puisque c'est à ce but qu'aboutit tout chemin,

Puisque nous sommes sûrs d'y rejoindre les nôtres,

Qu'importe qu'un de nous arrive avant les autres?

Faut-il donc tant pleurer ceux qui marchent devant?

Hélas! ce sont encor les plus heureux souvent!

Le poids le plus pesant est pour ceux qui demeurent.

Hélas! ne plaignons pas, envions ceux qui meurent. »

Les mois passaient. Il vint un jour où l'on se dit
Qu'en proie à ce dur mal qui sans cesse grandit
Vous souffriez depuis onze mois, de bon compte,
Et qu'il vaudrait bien mieux pour vous une mort prompte
Qu'une telle agonie, et de ce moment-là
C'en fut fini de vous, la pitié s'en mêla !
Dès lors, on souhaita votre mort à voix haute,
Et l'on vous trouva lent, et ce fut votre faute
Si vous continuiez à souffrir comme ça.
On eut droit de ne plus vous plaindre. On en usa.
Puis, on laissa bâiller cette fosse entr'ouverte.
Vous viviez, qu'on avait oublié votre perte !
Et c'est à ce moment que vous ressuscitez !
C'est lorsque vos amis vivent de tous côtés
Que vous les rappelez du fond du tombeau sombre
Afin de vous ouvrir ! Que demande votre ombre ?
Vous a-t-on mal pleuré ? N'êtes-vous pas content ?
Plus d'un beau mort se tait qui n'en a pas eu tant !
Donc, tu ris, croyant vivre ; et moi, ta mort me navre.
Ah ! leur froide amitié, voilà ton vrai cadavre !
O malheureux guéri qui prends des airs vainqueurs,
Ressusciter les morts, ce n'est rien, mais les cœurs ?

XIV

L'air s'agrége.
C'est — viens voir —
Pis qu'un soir
De Norwége.

Oh! rêvé-je,
Quel flot noir
Va donc choir?
— Paul, il neige.

Ce flot blanc!
Du noir flanc!
La terrasse

Va changeant,
Ciel, ta crasse
En argent!

Le souci
Du nuage
Qui voyage
Rit ici !

Ciel noirci,
Blanche plage.
Neige ! outrage !
Gloire aussi !

Quoi ! la place
Change et classe
Les objets

Et (que croire ?)
Fait le jais
Et l'ivoire !

XV

Puisqu'en ce monde affreux qu'une lèpre dévore,
Fût-on voleur, fût-on Sodome avec Gomorrhe,
Il suffit, criminel ou vertueux selon
Son coffre vide ou plein, qu'un homme ait un salon
Pour que la plus honnête et la plus chaste femme
Accoure en mendiante à sa soirée infâme ;
Puisqu'à peine éclôt-il un beau livre tout chaud
Que d'immondes journaux y collent aussitôt
Leur avis ramassé dans quelque balayure
Et leur stupidité, première reliure ;
Que tous n'ont qu'un souci, l'argent qu'ils gagneront,
Et que le ventre est plein de mépris pour le front ;

Qu'on insulte l'amour; que la froide coquette,
Vile louve acharnée aux passants qu'elle guette,
Dévorant tout le cœur des jeunes gens ardents,
Ne sort d'un rendez-vous qu'avec du sang aux dents ;
Que les gouvernements, vieux tailleurs poussifs, traînent
Des siècles sur l'habit qu'on leur commande, et viennent,
Étonnés si leur loi trop étroite se fend,
Essayer au jeune homme un code pour l'enfant ;
— Alors, voyant cela, la Nature sacrée,
Qui peut-être eût fini, bien longtemps implorée,
Toute seule avec nous au fond des verts vallons,
Par nous dire tout bas le mot que nous voulons
Et par nous laisser voir le bout de ses épaules,
Dédaigneuse, devant ces brutes et ces drôles,
Reboutonne sa robe à vingt rangs de soleils,
Et ne veut pas parler à des hommes pareils !

XVI

A UNE BRUTALE

Ils auront, qui ne les envie?
Contraint peut-être Dieu vaincu
A dire le mot de leur vie,
Pendant que vous aurez vécu!

Peut-être ils apprendront au juste,
En brisant le baril divin

D'un coup de leur talon robuste,
Ce qu'ils pouvaient boire de vin.

Vous, vous buvez. — Votre méprise
Fera bien rire les savants
Qui, pour connaître où va la brise,
Effeuillent leur bonheur aux vents.

Quand leur curiosité triste
Rompt le collier pour voir jusqu'où
La perle tentée en résiste,
Vous le passez à votre cou.

XVII

L'esprit est vieux. L'esprit a l'âge de la terre.
L'esprit, grave, pensif, laborieux, austère,
Complète par ses gains incessamment accrus
Le legs prodigieux des siècles disparus.
Ainsi que l'océan dans une anse profonde,
Le passé monstrueux dans sa raison abonde.
Il est contemporain du temps. Il a sondé
Tout le bonheur humain, qui tiendrait dans un dé !
Que de fois il a vu la réalité nue !
Comme il sait le néant de la joie obtenue !
O furieux désir, dévoreur de chemin,
Qui fais tenir un monde entre hier et demain,
Comme il prend en pitié tes rudes exercices,
Et comme il craint pour toi que tu ne réussisses !

Il montre au cœur, sachant par où tout doit finir,
Sous la chair du présent le squelette avenir,
Et, lorsque le navire est près de la sirène,
De peur que la douceur des chants ne nous entraîne,
Il nous conseillera de nous faire lier,
Comme un maître prudent enseigne un écolier.
Conseils perdus !

        Le cœur, qui n'a, lui, que notre âge,
Croit en sa force, prend l'avis pour un outrage,
Ne sait que l'avenir, dit que le passé ment ;
Et, pendant que l'esprit lui parle amèrement
De tout ce qui rayonne un jour, amour et gloire,
Des empires géants naufragés dans l'histoire,
Des morts, et des vivants qui, traînant le lambeau
D'un rêve détruit, sont eux-mêmes leur tombeau,
Il va, vient, saute, rit, pleure, chante, délire,
Voit la voûte étoilée et ne veut pas la lire,
Cause avec les oiseaux, prête sa joie à Mai,
Cueille une marguerite et lui dit : Suis-je aimé ?
Et, pour qu'elle réponde ainsi qu'il veut, la baise.

L'esprit a six mille ans et le cœur en a seize.

XVIII

Chacun pour tous, mais tous pour chacun. Car la loi
C'est d'être universel et de rester un moi.
Que chacun ait toujours son chiffre dans la somme,
Et soit l'humanité sans cesser d'être un homme.
On n'accroît pas le corps en amputant les bras.
Lorsque tu veux couper l'individu tout ras,
C'est la communauté qu'ainsi tu diminues.
La mer absorbe aussi tous courants, mais les nues
Sortent de l'eau salée et le vent empressé
Rend au moindre ruisseau tout ce qu'il a versé.

Que l'humanité donc, emprunteuse discrète,
Sache rendre à chacun ce que chacun lui prête.
Qu'elle soit l'embouchure, oui, mais la source aussi.
Afin que, donnant là, mais reprenant ici,
Tous pour l'alimenter aient toujours des eaux neuves.
Si tu veux l'océan, ne taris pas les fleuves.

XIX

QUAND JE SUIS SEUL

Certes, tu n'as pas rêvé
Que, dans cette ville fière,
Ton premier pas allait faire
Étinceler le pavé,

Qu'à ta première parole,
Unanime à t'acclamer,

Paris devait allumer
A ton front une auréole,

Qu'on t'apprêterait un dais
Avec tout l'art pour escorte,
Et que la gloire, à la porte,
Te dirait : — Je t'attendais !

Prends patience, et travaille !
Essaye, invente, ose, vas
A tout ce que tu rêvas !
Cherche, jusqu'à la trouvaille !

Que tout mode te soit cher,
Mais que ta forme centrale
Soit la forme théâtrale,
Où l'idéal se fait chair !

Fonds dans ton œuvre agrandie
Pensée et fait, âme et corps,
Philosophie et décors,
Tragédie et comédie.

Va du côté des entiers !
L'ampleur de Shakspeare allie

Caliban à Cordélie
Et les spectres aux portiers.

Les Grecs approuvent du geste.
Hercule, ivrogne divin,
Mêle le hoquet du vin
A la grande mort d'Alceste.

Travaille! Oui, travaillons. Mais
Quoi? dans cette ombre profonde?
Parler pour qu'on vous réponde
Dans dix ans, dans vingt, jamais?

Travaille! Sans entourage
Qui m'aide aux efforts hardis?
Travaille! Je me le dis;
Mais c'est un rude courage

D'être l'obscur constructeur
De drames qui pour théâtre
N'auront longtemps que cet âtre
Et pour public que l'auteur!

Et, ma fatigue isolée
Se sentant sans point d'appui,

Bien des fois, comme aujourd'hui,
Ma rêverie, envolée

De la table où je m'assieds,
S'en va... — Le lieu de la scène
Est un jardin dont la Seine
Lèche mollement les pieds.

Villequier! chère patrie!
J'y retourne, et je revoi
Ma mère... O mon cœur, tais-toi!
O cruelle rêverie,

Pourquoi tous me les montrer,
Mère, père, ma sœur, Charles?
Tu sais que, si tu m'en parles,
Tu vas me faire pleurer!

La maison était chantante
Quand l'herbe offrait sa douceur
Aux trois petits de ma sœur...
Tiens, je pleure, es-tu contente?

O mon village abrité
Par les collines boisées!

Oiseaux nichés aux croisées !
Verte fraîcheur de l'été !

Le miroir de l'eau répète
La tranquillité des cieux ;
Le fleuve silencieux
Sommeille... — Soudain, tempête !

Sur la rive où nous causons
La vague se rue, arrache
Les pierres des quais, et crache
Au visage des maisons !

Tout tremble de sa furie.
C'est le seigneur Océan
Qui va du Havre à Rouen
Avec sa cavalerie,

Et les yeux émerveillés
Sur tout le fleuve qui fume
Voient se cabrer blancs d'écume
De grands flots échevelés.

Ils passent. Hohé ! pilotes !
Vite ! assez bu de liqueurs !

Aux canots ! Les remorqueurs,
Arrivent, traînant des flottes.

Et tous sautent, altérés,
Dans les barques démarrées,
Et trois-mâts, chasse-marées,
Bricks, filent... — Et, par degrés,

Le jour apaise ses flammes,
Et dans le bois obscurci
L'astre se couche, et voici
Qu'après le fracas des lames

Qui secouaient les granits
Et qui cassaient les branchages,
Ce sont les doux rabâchages
Des oiseaux faisant leurs nids.

Le vent s'éteint dans les voiles ;
L'eau s'endort ; et, tout le soir,
Du banc où je viens m'asseoir,
J'assiste au bain des étoiles.

LIVRE QUATRIÈME

I

ARABELLE

ARABELLE
LUI
LE POËTE

ARABELLE

ARABELLE, LUI, — puis LE POËTE.

ARABELLE.

Ce que j'ai contre vous? votre amabilité.
Oui, votre complaisance à perpétuité
Pour mes moindres désirs, votre égalité d'âme,
Votre galanterie implacable : « Madame,
A quoi daignerez-vous m'employer aujourd'hui? »
Votre consentement à tout. Ah! quel ennui
D'avoir ainsi toujours devant moi ce sourire
Appliqué comme un masque! Et vous osez me dire
Que vous m'aimez! Cela, de l'amour! Comme on sent
Que cet amour léger et gai n'est qu'un passant!
Vous m'aimez? On rencontre une femme, on l'ajoute
A son total, et puis on se remet en route.
L'amour ailleurs n'est pas éternel, je le sais,
Mais on croit un moment qu'il l'est, et c'est assez!

La désillusion par vous m'est épargnée ;
Vous ne me trompez pas. Ah ! je suis indignée !
Vous m'approuvez toujours. Rien pour moi n'est trop cher.
Vous êtes diablement monotone, mon cher !
Tout vous plaît donc ? Alors, je voudrais vous déplaire !
Jamais triste. Jamais un accès de colère.
Battez-moi ! De quel droit n'êtes-vous pas jaloux ?
Est-ce fatuité stupide ? ou croyez-vous
Que personne jamais ne me trouve jolie ?
Votre sécurité m'offense et m'humilie.
Je finirai par prendre en haine ma vertu
Et par dire au premier visiteur : Me veux-tu ?
Vous riez ? vous verrez ! Je me suis condamnée
A ne vous dire non pour rien, m'étant donnée.
Je suis à vous. Ce dont je vous prie en retour.
C'est de ne plus mêler à ça le nom d'amour.
Faites ce qu'il vous plaît de votre prisonnière ;
Mais qu'il vous reste au moins cette pudeur dernière
De ne pas prononcer légèrement un mot
Le plus abject de tous s'il n'est pas le plus haut !

LUI.

Amen. Embrasse-moi. Non ? La guerre est complète.
Donc, je suis accusé. Mets-moi sur la sellette
Alors ! Tiens, celle-ci me convient, — tes genoux.
Tu fronces le sourcil. Accusé, qu'avez-vous
A répondre ? Monsieur le président, j'avoue.
Je conviens, et j'en ai du rouge plein la joue,

Que je suis un aimable et galant compagnon.
C'est vrai, je devrais être un amoureux grognon,
Un dogue conjugal, un possesseur farouche,
Toujours l'éclair à l'œil et l'injure à la bouche ;
Mais c'est l'infirmité de mon tempérament
De ne pas vous aimer épouvantablement.
Je sens l'énormité de mon crime. Il m'indigne
Autant que vous. Comment ! si vous faites un signe,
J'obéis ! On conçoit tout votre désespoir.
Je permets aux amis que vous pouvez avoir
De ne pas vous trouver laide ou mal habillée !
Gondoles sur le lac, chevaux sous la feuillée,
Théâtres, bains de mer, escorte d'amoureux,
Voilà votre existence avec moi, c'est affreux !
Mais il n'est pas de sort cruel comme le vôtre !
Mais si j'allais cesser de vous plaire et qu'un autre
A force d'y frapper vît votre cœur s'ouvrir,
Je ne vous tuerais pas, vous allez en mourir !
Sur ce, rions. L'amour n'est pas beau quand il pleure.
La passion est bonne et la joie est meilleure !
Embrasse-moi, voyons. Pas encore? Tenez,
Je me rue à vos pieds. Vous-même convenez,
Quant à l'éternité, que l'amour ne demeure
Nulle part. Mais ailleurs on peut rêver une heure
Qu'il va rester? Et c'est justement cet espoir
Qui fait, le songe éteint, que le réveil est noir.
On ne se prend alors que pour toujours ! et, comme
Toujours est un vain mot sur les lèvres de l'homme

Et qu'un des deux bientôt s'en va de son côté,

Quand ce bientôt arrive, on perd l'éternité.

Meurent les passions dont le cœur s'embarrasse !

Vive un gai sentiment qui rit à la surface !

C'est de cette façon qu'aiment les bien-aimants.

Pas de souci profond et pas de lourds serments ;

Mais un brave plaisir qui, sans mélancolie,

Quand il a bu le vin, jette au plafond la lie !

L'amour ainsi compris, c'est plus, en vérité,

Que l'amour : c'est l'amour et c'est la liberté !

LE POÈTE.

Tu parlais de la sorte à la femme qui t'aime.

Mais tu disais cela sans te croire toi-même ;

Car tu sais qu'aimer c'est accepter de souffrir,

Que c'est vouloir saigner, que c'est aimer mourir,

Que les âmes de feu sont âprement tentées

Par leur supplice même, et que les Prométhées

Punis par Jupiter d'avoir volé l'amour

Ne vendraient pas un coup de bec de leur vautour !

II

L'AVÉNEMENT D'HENRI V

(D'APRÈS SHAKESPEARE)

LE ROI HENRI IV
LE PRINCE HENRI
LE PRINCE HUMPHREY
CLARENCE
WARWICK
GLOCESTER
JEAN DE LANCASTRE

L'AVÉNEMENT D'HENRI V

Westminster. — Appartement dans le palais. —
Un lit au fond.

LE ROI, CLARENCE, LE PRINCE HUMPHREY,
WARWICK, ETC.

LE ROI, à Clarence.

Victoire! Hotspur tué! fin de tous les rebelles!
O mon cher fils, ce sont de joyeuses nouvelles.
Et je me sens plus mal! Triste bonheur humain!
La fortune est avare et n'ouvre qu'une main.
L'un aura l'appétit, l'autre la bonne chère.
Ta nouvelle, mon fils, m'est précieuse et chère,
Et je reste sans faim devant ce bon repas.
— Mais où donc est Henri? ne le verrai-je pas?

CLARENCE.

Il dîne avec —

Il s'arrête.

LE ROI.

Avec?

CLARENCE.

Je ne sais —

LE ROI.

Je commande

Qu'on me réponde !

CLARENCE.

Il dîne avec Poins et sa bande.

LE ROI.

L'y voilà retombé ! Rien ne doit le sauver :
Le sang même d'Hotspur n'a pas pu le laver !
Sa bravoure est l'éclair qui perce un moment l'ombre
Pour faire après la nuit de son âme plus sombre.
Ah ! mes fils, je suis triste au delà de ma mort
Et le ver du tombeau par avance me mord
Quand je songe aux excès qui vont être les maîtres
Lorsque j'aurai rejoint sous terre mes ancêtres.
Dès qu'Henri n'aura plus de frein, et qu'étant roi
C'est sa corruption qui deviendra la loi,
De quel essor, lâché sans obstacle et sans lutte,
Ses passions le vont entraîner à sa chute !

WARWICK.

Que Votre Majesté calme ce grand souci.
Sire, le prince apprend ses compagnons, ainsi
Qu'une langue étrangère : on l'apprend tout entière,
Et sans en excepter la partie ordurière;
On s'en fait expliquer les termes indécents
Pour les éviter mieux lorsqu'on en sait le sens.

Ainsi le prince va, rompant ces viles chaînes,
Rejeter ses amis comme des mots obscènes,
Et ne gardera d'eux qu'un savoir plus profond
De ce que les méchants imaginent ou font,
Et, connaissant par cœur leurs trames déloyales,
Ses fautes deviendront des qualités royales.

LE ROI.

On ne voit pas l'abeille abandonner le miel
Qu'elle dépose au creux d'une charogne... — Ciel!
Approchez-vous, amis, mon malaise redouble;
Je n'y vois plus; je sens ma tête qui se trouble;
Je tombe; à moi, mes fils !

Il se trouve mal.

HUMPHREY, le soutenant.

Que Votre Majesté

Prenne courage !

CLARENCE.

O Dieu! quelle calamité!

WARWICK.

Du calme! ces accès sont fréquents; cela passe,
Mais il lui faut de l'air; éloignons-nous, de grâce.

Tous s'écartent du roi.

CLARENCE.

Ces accès sont trop forts pour son sang épuisé.
Son pauvre corps royal est tellement usé
Par les coups répétés dont le destin le frappe
Que je vois au travers son âme qui s'échappe.

HUMPHREY.

Les récits de la foule annoncent de grands maux :
On a vu circuler d'étranges animaux;
Des pères ont frémi de leur progéniture.
Les saisons ont rompu le cours de la nature;
On dirait que l'année, ayant trouvé là-haut
Plusieurs mois endormis, les a franchis d'un saut.

CLARENCE.

La rivière, poussant ses eaux désespérées,
A, sans un seul reflux, éprouvé trois marées;
Oui, c'est un grand malheur qui nous est annoncé :
Car les vieillards, bavards registres du passé,
Disent, en y voyant de sinistres présages,
Que le même prodige effraya nos rivages
Justement quelques jours avant que le linceul
Enveloppât le grand Édouard, notre aïeul.

WARWICK.

Plus bas! le roi revient.

HUMPHREY.

Ah! sa vie est tarie!

LE ROI.

Portez-moi sur ce lit.

On le soulève.

Doucement, je vous prie.

On le place sur le lit.

Ne faites pas de bruit, chers amis. Je voudrais
Seulement qu'on me vînt faire, mais pas trop près,

De la musique. — A quoi sers-tu donc, médecine?

WARWICK, à un gentilhomme.

Vite! des musiciens dans la chambre voisine.

Le gentilhomme sort.

LE ROI.

Qu'on mette ma couronne au chevet de mon lit.

CLARENCE.

Ses yeux se creusent. Dieu! voyez comme il pâlit!

WARWICK.

Moins de bruit, moins de bruit.

On met la couronne sur l'oreiller.

LES MÊMES, LE PRINCE HENRI.

LE PRINCE HENRI, gaiement.

Sait-on où vit Clarence?

CLARENCE.

Me voici, frère, hélas! avec peu d'espérance.

LE PRINCE HENRI.

Tu pleures! de la pluie à l'abri, quand les cieux
Rayonnent de soleil! — Et le roi, va-t-il mieux?

HUMPHREY.

Plus mal.

LE PRINCE HENRI.

Ne sait-il pas la nouvelle?

GLOCESTER. --

C'est, frère,

En l'apprenant qu'il s'est trouvé mal, au contraire.

LE PRINCE HENRI.

Bon! si c'est de plaisir qu'il est malade, alors
Il se rétablira sans médecin.

WARWICK.

Mylords,

Silence. — Parlez bas, cher prince; votre père
Va s'assoupir.

CLARENCE.

Sortons de la chambre, sans faire
De bruit.

WARWICK., au prince Henri.

Daignerez-vous venir?

LE PRINCE HENRI.

Non, laissez-moi;
Il convient que je veille une fois près du roi.

Tous sortent.

LE ROI, LE PRINCE HENRI.

LE PRINCE HENRI.

Il vient près du lit et aperçoit la couronne.

Te voilà sur le lit, toi? Quelle main fâcheuse
A mis sur le chevet la mauvaise coucheuse?

O splendide tracas, inquiétude d'or,

Que de sommeils tu tiens tout grands ouverts! — Il dort

Vraiment, le mendiant couvert jusqu'aux paupières

D'un vil bonnet; il ronfle à réveiller les pierres.

O grandeur, riche armure, oh! comme, aux jours ardents,

Tu brilles en dessus et brûles en dedans!

— Mais ce brin de duvet placé près de sa bouche

Ne bouge pas. Seigneur! mon père! Je le touche,

Rien. C'est fait. — Cette fois, son sommeil est profond.

Sa couronne aujourd'hui divorce avec son front.

— Ce que je te dois, père, en cette conjoncture,

C'est un regret poignant, c'est le cri de nature,

C'est un long souvenir; ô père vénéré,

Dors en paix, et sois sûr que je te la paierai

Religieusement, ma dette filiale.

Ce que tu me dois, c'est ta couronne royale,

Qui cherche en ce moment l'héritier de ton bien

Et, n'ayant plus ton front, vient d'elle-même au mien.

Il prend la couronne et la met sur sa tête.

L'y voilà! — Restes-y, couronne héréditaire.

Dût en un bras géant se concentrer la terre,

Je la garde! et, le jour où mes fils seront grands,

Je la leur donnerai comme je te la prends.

Il sort.

LE ROI, revenant à lui.

Clarence! Glocester! Warwick!

Tous rentrent.

LE ROI, WARWICK, LES PRINCES.

CLARENCE.

Sa Grâce appelle?

GLOCESTER.

Oui.

WARWICK.

Votre Majesté, comment se trouve-t-elle?

LE ROI.

Pourquoi m'a-t-on laissé tout seul?

CLARENCE.

Le prince Henri
Vous veillait.

LE ROI.

Il est donc ici, mon fils chéri!
— Mais je ne le vois pas?

HUMPHREY.

Il n'a dit à personne
De nous qu'il s'en allât.

LE ROI.

Où donc est la couronne?
Je l'avais.

WARWICK.

Elle était, sire, sur l'oreiller

Lorsque le prince a dit qu'il voulait vous veiller.

LE ROI.

C'est lui qui l'aura prise. — Allez voir où peut être
Ce fils respectueux si pressé d'être maître,
Ce tendre fils qui fait de mon sommeil ma mort.
— Ramenez-le, Warwick, pour qu'il ait le remord
De son crime.

Sort Warwick.

       Voyez, enfants, ce que vous êtes;
Comme l'affection, dans vos fragiles têtes,
Se transforme en révolte au toucher du pouvoir.
C'est pour ce désolant salaire qu'on peut voir
Les pères, prodiguant leur tendresse insensée,
Rompre leur doux sommeil par l'active pensée,
Leur front par les ennuis, et faire un si long bail
De leurs os douloureux avec le dur travail!
C'est pour cela qu'ils ont, d'un effort imbécile,
Entassé les amas de cet or difficile!
Pour cela qu'ils ont fait élever leurs enfants
Par les meilleurs guerriers et les plus grands savants!
Hélas! nous ressemblons à l'abeille, qui cueille
Laborieusement le suc de chaque feuille;
Nous allons et venons d'un vol continuel,
Et, la cire à la cuisse, à la bouche le miel,
Notre vie à remplir la ruche s'évertue,
Et notre récompense est aussi qu'on nous tue!
Cet amer sentiment, que rien ne peut guérir,

S'ajoute à tous les maux dont je me sens mourir.

Rentre Warwick.

Eh bien! vient-il, ce fils dont l'amour singulière
Trouve la maladie un lent auxiliaire?

WARWICK.

Seigneur, je l'ai trouvé dans le salon voisin,
Les yeux noyés de tant de larmes et le sein
Brisé de tels sanglots, que la Haine elle-même,
Qui n'a jamais voulu que sang et qu'anathème,
Voyant une si triste et si tendre amitié,
Laverait son poignard dans des pleurs de pitié.
— Mais le voici qui vient.

LE ROI.

                    S'il a l'âme si bonne,
D'où vient qu'il est venu m'arracher la couronne?
Non, tu masques en vain l'égoïsme hideux.

Entre le prince Henri.

Viens, Henri.— Qu'on nous laisse ensemble tous les deux.

Tous sortent.

LE ROI, LE PRINCE HENRI.

LE PRINCE HENRI.

Ah! cette voix, j'ai cru ne plus pouvoir l'entendre.

LE ROI.

On croit ce qu'on désire. Oui, je te fais attendre;

Ma lenteur à mourir à la fin t'a lassé.

O malheureux enfant, es-tu donc si pressé

De me prendre un pouvoir qui doit être ta perte?

J'allais avoir fini, ma tombe était ouverte,

Tout glissait de mon front et passait sur le tien :

Qu'es-tu donc pour voler jusqu'à ton propre bien!

Ah! ce rapt odieux, ce sacrilége infâme

Ne dément pas la foi que j'avais dans ton âme;

Ta vie avait déjà fait voir à tous les yeux

Ta tendresse pour moi : ma mort la montre mieux.

C'est un tas de poignards, Henri, que ta pensée,

Et ton cœur est la pierre où tu l'as aiguisée.

Un instant? ne pouvais-je obtenir un instant?

Eh bien, fais à ton gré; le fossoyeur attend,

Vas-y vite, et dis-lui de commencer la fosse.

Non, creuse-la toi-même, et puis, sans pudeur fausse,

Cours aux cloches, et fais qu'elles sonnent gaîment

Le râle de ton père et ton couronnement.

Et tu ne répandras pour tous pleurs que le baume

Qui sacrera ton front possesseur du royaume.

Puis, fais vite jeter aux vers mon pauvre corps;

Moi parti, mets aussi mes officiers dehors;

Que ta colère soit le prix de leurs services,

Et proclame bien haut l'avénement des vices!

Plus de loi ni de règle : Henri Cinq est le roi!

Donc, à bas, majesté; démence, lève-toi!

Arrière, conseillers à l'austère figure!

Vous, singes fainéants, bandits, engeance impure,

Accourez de partout, c'est enfin votre tour!
Écume de la terre entière, sois la cour!
Nations, avez-vous quelque coureur d'orgies,
Quelque ivrogne terrible aux mains de sang rougies,
Quelque monstre qui soit, dans nos temps stupéfaits,
Un visage nouveau de tous les vieux forfaits?
Tout ce que vous avez de canailles sinistres,
Donnez-les à ce prince : il lui faut des ministres!
Otez la muselière au crime, et que ce chien
Puisse mordre la chair de tout homme de bien.
O mon pauvre royaume, ô ma chère patrie
Que la guerre civile a déjà tant meurtrie,
Que vas-tu devenir, après tout frein rompu?
Si, moi qui ne vivais que pour toi, je n'ai pu
Te préserver du mal traqué dans sa caverne,
Que verra-t-on si c'est le mal qui te gouverne?
Oh! tu redeviendras, ainsi qu'aux anciens temps,
Un noir désert, avec les loups pour habitants!

LE PRINCE HENRI, tombant à genoux.

Pardonnez. — Sans l'humide obstacle de mes larmes,
J'eusse arrêté ces mots amers et pleins de charmes,
Amers puisque j'entends mon père m'accabler,
Charmants puisque j'entends mon père me parler.
— Voilà votre couronne; elle est à vous. J'atteste
Celui qui porte au front la couronne céleste
Que mon plus cher désir est qu'elle soit à vous
Encor pour bien longtemps. — Je suis à vos genoux,

Je jure d'y rester jusqu'à ce que mon père
Soit bien sûr qu'en parlant ainsi je suis sincère.
Dieu sait, lorsque étendu sur ce lit de malheur
Vous ne respiriez plus, quel froid m'a pris au cœur!
Si je mens, que je meure avec l'horrible tache
De mes vices présents, sans que le monde sache
Que mon âme changée allait s'en dépouiller!
Votre couronne était là, sur votre oreiller;
Je regardais avec plus d'horreur que d'envie
Celle dont les soucis abrégeaient votre vie,
Et, presque mort vraiment de votre faux trépas,
Je l'insultais sans voir qu'elle n'entendait pas.
Et j'ai dit à son or : — « De tous les ors, le pire
C'est toi! Tu luis, tu sers à figurer l'empire,
On t'honore, on te fête, on te préfère à tout :
Tu mérites plutôt qu'on te jette à l'égout!
La médecine emploie un or qu'elle fait boire
Aux malades; il est de bas titre, et sans gloire;
A peine si l'on prend le temps de le trier :
Il guérit. Toi, l'or pur, tu n'es qu'un meurtrier.
Eh bien, nous allons voir si cet or qu'on renomme.
Meurtrier du vieillard, le sera du jeune homme! » —
— Et je me suis jeté sur ce monstre odieux
Qui venait de tuer mon père sous mes yeux.
On ne me fera pas de reproches, j'espère,
Pour avoir défié l'assassin de mon père!
Mais si cet ennemi, quand j'ai pu le saisir,
A souillé mon esprit d'un moment de plaisir.

Si c'est ambition, hâte d'être le maître,
Orgueil, présomption d'enfant, qui m'a fait mettre
La main sur la couronne, ô père, ô majesté!
Qu'elle me soit reprise à perpétuité
Et que je sois plus bas dans la race mortelle
Que le plus vil de ceux qui tremblent devant elle!

LE ROI.

O mon fils! c'est le ciel qui t'avait inspiré
De t'emparer ainsi de ce souci doré
Pour te faire par là regagner ma tendresse
En te justifiant avec tant de sagesse.
— Écoute une parole, et sois-en pénétré :
C'est le dernier avis que je te donnerai.
— Les anges savent, fils, par quelle voie oblique,
Par quel détournement de la raison publique,
J'acquis cette couronne, et je sais, moi, quel poids
De craintes elle a mis sur ma tête parfois.
Elle sera moins lourde à ton front légitime,
Et j'emporte avec moi sous terre tout le crime.
Ceux qui m'avaient aidé dans cette iniquité
N'avaient aucun respect de mon autorité;
De là, querelles, chocs, guerre; le rang suprême
M'a fait des ennemis avec mes amis même,
Et le vent de la haine a si souvent soufflé
Que presque tous les jours mon trône a chancelé.
Mon règne tout entier ne fut que sang et flamme;
Mon théâtre jamais n'a joué d'autre drame.
Mais, mon cher fils, tout va changer après ma mort.

Ce que ton père avait par le droit du plus fort,
Tu vas le posséder selon les lois écrites;
Toi, tu n'usurpes pas le sceptre, tu l'hérites.
Mais, plus assis que moi, tu ne l'es pas assez;
Les vieux ressentiments ne sont pas effacés;
Suis, ô mon cher Henri! l'exemple de ton père :
Pour arracher leur dard et leurs dents de vipère
Aux amis criminels qui m'avaient couronné
Et qui pouvaient m'ôter ce qu'ils m'avaient donné,
J'ai détruit ceux d'entre eux dont surtout j'avais crainte,
Et je voulais mener le reste en terre sainte
Pour occuper leurs bras. Fais la guerre, ô mon fils!
Adresse aux rois voisins de vigoureux défis,
Et, si tu veux trouver la couronne légère,
Jette les mécontents sur la terre étrangère!
— Je voudrais te parler encor, mais je suis las,
Et je sens mes poumons qui refusent, hélas!
La parole me manque. — Ah! que Dieu me pardonne,
Et te laisse porter longtemps cette couronne!

LE PRINCE HENRI.

Seigneur, nos ennemis peuvent être acharnés,
Mais vous l'avez conquise et vous me la donnez :
Je la mets hardiment sur une tête altière,
Et je la défendrai contre la terre entière.

LE ROI.

Mylord Warwick est là?

LE PRINCE HENRI, appelant.

Mylord Warwick!

Rentrent Warwick et les autres.

LE ROI, à Jean de Lancastre.

Tu vois,

Je vous quitte.

A Warwick.

La chambre où la première fois
Je me suis trouvé mal, tu te souviens, a-t-elle
Un nom particulier?

WARWICK.

Cher seigneur, on l'appelle

Jérusalem.

LE ROI.

C'est bien. Il n'aura pas eu tort
Celui qui m'a prédit que le lieu de ma mort
Serait Jérusalem. J'ai cru qu'il voulait dire
La terre sainte. Amis, portez-moi, que j'expire
Dans cette chambre où j'ai senti la mort venir;
C'est la Jérusalem où Henri doit finir.

On l'emporte.

III

PROSERPINE

PROSERPINE.
ANGIOLA.
SABATINO.
SQUAROCCA.
RENZO.
ORLANDO.
SBIRES.
VALETS.

PROSERPINE

SCÈNE PREMIÈRE

Une rue.

SABATINO, RENZO.

SABATINO.

C'est un refus?

RENZO.

Mais non.

SABATINO.

Dis-le sincèrement,

Au lieu de me tromper par cet ajournement.

RENZO.

Mon cher Sabatino, crois que, tout au contraire,
Je serai très-ravi de t'avoir pour beau-frère.
En dehors de mon goût qui me met de ton bord,
Ma sœur m'a confié que tu lui plaisais fort.
Donc, le frère et l'ami s'accordant —

SABATINO.

                                 Quelle cause

En ce cas au retard que ta rigueur m'impose?

RENZO.

Celle que je t'ai dite. O mon meilleur ami,

Où t'a-t-on rencontré jusqu'à présent? parmi

Les femmes de théâtre et les filles de joie.

C'est là que ta vertu jusqu'ici se déploie;

C'est là que tu t'instruis au respect conjugal,

Aux mœurs de la famille et de l'amour légal.

Je crois la leçon bonne et te dis : continue.

Je ne plaisante pas. Par la vérité nue!

Pour obtenir ma sœur, donne aux filles tes nuits.

D'abord, comme j'adore Angiola, je suis

Charmé qu'elle n'ait pas un mari grave et triste,

Un monsieur prude, un sombre et vil séminariste.

Puis, je suis convaincu que, plus tôt ou plus tard,

Les cœurs les mieux conduits font leur petit écart

Vers la débauche immonde, et je trouve plus sage

Qu'ils le fassent avant qu'après le mariage.

Donc, tu n'auras ma sœur que quand je te verrai

Saturé de désordre et de débauche outré.

Tu ne tarderas pas, j'en crois ton âme saine,

A sentir le dégoût de cette vie obscène,

A quitter pour toujours ces plaisirs salissants,

A fuir cette gamelle où boivent les passants.

Tous ces museaux fardés, usés, pleins de la boue

D'un tas de vieux baisers, font valoir une joue

Fraîche et rosée ainsi que celle de ma sœur.

Et je ne connais pas un meilleur professeur

De vertu, de devoir, de foyer domestique,

D'ordre et de chasteté — qu'une fille publique.

SABATINO.

Eh bien, si c'est le but auquel tu me conduis,

Nous n'avons pas besoin d'aller plus loin, j'y suis.

Je ne suis pas un saint, et, ma foi, j'ai fait comme

Les autres; mais voici longtemps que ça m'assomme;

Et même, à dire vrai, je n'ai jamais aimé

Ces femelles au corps ouvert, au cœur fermé,

Qui n'ont pas d'âme à rendre en échange des nôtres,

Qu'on ne prend pas pour soi, qu'on prend contre les autres,

Par vanité, pour faire envie à quatre fats,

Et dont nul ne voudrait si tous n'en voulaient pas!

Ah! que je donnerais toutes ces créatures,

Ces cadavres vivants, ces fards, ces pourritures,

Pour le simple regard d'une femme de bien

En qui je sentirais un cœur répondre au mien!

Ma curiosité n'était pas assouvie

Que j'avais déjà pris en horreur cette vie.

Ma nature n'est pas propre à ces choses-là.

Il me faut le foyer avec Angiola,

Le ménage, les cœurs joints jusqu'à la vieillesse,

Et les petits enfants. Je suis né père! — Oh! laisse

Que j'épouse ta sœur! Quant à l'enseignement,

J'en sais trop. Puis, ta sœur n'a pas besoin vraiment,

Pour être un cœur divin, que d'autres soient infâmes.

Ne crains pas que jamais je retourne à ces femmes,
Quand je vivrais mille ans. Consens à mes souhaits.
J'aime ta sœur deux fois : je l'aime et je les hais !

RENZO.

Tu les hais aujourd'hui, je l'admets sans réplique.
Dans ce moment, ta faim d'un régal angélique
Regarde tes soupers d'hier avec dédain ;
Mais, ayant contenté ton appétit d'éden,
Bientôt, pour varier un peu ta nourriture,
Tu t'en retournerais vers cette pourriture.
C'est infaillible. À moins qu'à force d'en manger,
Tu ne sois assez sage avant pour t'infliger
Une indigestion telle, que la pensée
D'en revoir seulement te soit une nausée.
Donc, quel jour manges-tu Proserpine ?

SABATINO.

Mon cher,

Vraiment...

RENZO.

Je veux te voir dévorer cette chair !
C'est celle-là surtout dont il faut que tu goûtes.
Car Proserpine, étant la plus belle de toutes
Ces drôlesses, serait à perpétuité
Une démangeaison de ta fatuité !
Tiens, cela te va-t-il ? je consens, après elle.
Tu n'en prendras pas d'autre ayant eu la plus belle,
Et tu ne verras plus au monde que ma sœur.

SABATINO.

Ce que tu veux, je l'ai tenté, pas de bon cœur :
Elle m'a repoussé.

RENZO.

Justement. C'est à celles
Qui ne nous veulent pas que nous sommes fidèles.

SABATINO.

Comme moyens, j'ai pris tous ceux que je connais ;
Tout, j'ai prodigué tout, bijoux, fleurs et sonnets ;
Que puis-je encore ? A moins de... Mais, par quelque route
Que tu mènes les gens à la vertu, je doute
Que ce soit ton idée — et que je doive aller
Dans mes chastes progrès jusqu'à la violer.

RENZO.

Elle a dit non ? Elle est pourtant impartiale.

SABATINO.

Tiens ! j'avais un cachet à son initiale !
Cachet, cadeaux de prince et soupirs d'écolier,
Ont eu pour résultat zéro.

RENZO.

C'est singulier.
La fille et le soleil n'ont pas de préférence.

SABATINO.

Et personne n'est fille autant qu'elle ! L'outrance
De son orgueil produit, entre autres résultats,
Qu'elle prend ses amants au hasard dans le tas.
On ne l'a jamais vue avoir même un caprice.

Cette drôlesse, avec des airs d'impératrice,
Demande gravement ce que c'est qu'un désir.
Sa fierté monstrueuse est de ne pas choisir
Et de mêler les gens de toutes les fortunes.
Comte aux palais de marbre ou pêcheur des lagunes,
Tous se valent pour elle. Une chose lui plaît,
C'est de dire au marquis : — J'aime autant ton valet !
Repousser un bossu, ce serait reconnaître
Un dos bien fait à ceux qu'on la verrait admettre:
Tous lui sont bons. Oui, tous, jeune ou vieux, laid ou beau,
Sont égaux dans son lit comme dans le tombeau.

RENZO.

Mais alors...

SABATINO.

Un orgueil à faire honte au diable !

RENZO.

Mais alors son refus de toi n'est pas croyable.

SABATINO.

Il est réel.

RENZO.

Par quel motif t'expliques-tu
Qu'elle ne veuille pas de toi?

SABATINO.

Par sa vertu.

RENZO.

Non, vraiment?

SABATINO.

Je l'aurai, sans le vouloir, blessée
Dans sa vanité.

RENZO.

Diantre!

SABATINO.

Elle n'est que glacée
Et dédaigneuse avec les autres; avec moi
Elle devient amère et rageuse; pourquoi?
Je l'ignore; mais c'est une haine mortelle.
J'allais être nommé du grand conseil, c'est elle
Qui m'a nui près du duc, j'ai pu m'en informer.

RENZO.

Raison de plus alors : il faut la désarmer.

SABATINO.

J'ai tout fait! Je n'ai pas réussi; je t'en prie,
Mon cher Renzo, permets qu'enfin je me marie!

RENZO.

Tu ne te marieras qu'après avoir été
L'amant de Proserpine.

SABATINO.

Est-ce ta volonté?

RENZO.

Formelle.

SABATINO.

Eh bien, alors, j'aime mieux ne pas être

Le mari de ta sœur !

RENZO.

Tu dis?...

SABATINO.

Aller me mettre
Aux pieds de cette fille, et demander pitié,
Et répondre aux affronts par des mots d'amitié?
Jamais! j'aime encor mieux être triste que lâche.
Je souffrirai, c'est bien, longtemps, et sans relâche;
Mais Angiola m'aime, elle m'aime beaucoup,
Son pauvre cœur d'enfant saignera de ce coup,
Et toi, tu répondras devant ta mère morte
Du malheur de ta sœur !

RENZO.

Que le diable t'emporte,
De venir me parler des morts! Restons amis.

SABATINO.

Non, je romps tout.

RENZO.

Voyons, je t'offre un compromis.

SABATINO.

Je ne l'accepte pas !

RENZO.

Tente un assaut suprême...

SABATINO.

Non, sur mon âme !

RENZO.

Et si ton succès est le même,
Ma sœur t'appartient.

SABATINO.

Oh! si je peux l'y gagner,
J'accepte.

RENZO.

Tu feras un effort?

SABATINO.

Le dernier?

RENZO.

Dans le cas où l'effort n'obtiendrait rien...

SABATINO.

J'accepte!

RENZO.

Si tu t'y prends exprès d'une manière inepte!
Si tu lui dis : — Veux-tu, drôlesse?

SABATINO.

Je ferai
De mon mieux. Mais alors, n'est-ce pas, c'est juré?

RENZO.

Oui.

SABATINO.

Frère singulier, qui veut rendre infidèle
Le futur de sa sœur, par tendresse pour elle!

RENZO.

Je veux, quand je l'irai chercher dans son couvent
Que tes maîtresses soient derrière et non devant.

SABATINO.

Soit! Il faut donc encor me vautrer dans la fange
Et me salir le cœur — pour mériter un ange!

Ils passent.

SCÈNE DEUXIÈME

Un salon.

PROSERPINE, SABATINO.

SABATINO.

Quelle raison vous fait me traiter autrement
Que les autres? Vouloir devenir votre amant
N'est pas pour vous un tel affront que, d'habitude,
Vous le récompensiez de manière si rude.
Si vous saviez la peur que me font vos refus!
En sortant de chez vous, je cherche, tout confus,
Ce que je peux avoir d'étrange, de bizarre,
D'horrible, qui pour moi vous fasse si barbare,
Quel impossible excès de monstruosité
Parvient à me fermer votre vaste bonté.
Je tremble, et pour un rien je pleurerais à verse.
Il est vrai que parfois c'est un effet inverse
Que cela me produit; alors — vous connaissez
Les hommes — je me dis, quand vous m'éconduisez,

Que, si vous déformez ainsi votre habitude,
C'est pour ne pas me mettre avec la multitude,
Et qu'un autre en serait très-fier. Vous employez,
C'est certain, le meilleur moyen que vous ayez
De me distinguer. Seul à vous trouver avare,
Je peux me regarder comme un mortel très-rare,
Et vous me donnerez l'orgueil audacieux
D'un être qui se voit unique sous les cieux!

PROSERPINE.

C'est tout? Vous n'obtiendrez pas même ma colère.

SABATINO.

Donc, je dois renoncer à l'espoir de vous plaire?
Rien ne pourra me faire aimer?

PROSERPINE, amèrement.

Aimer!

SABATINO.

Jamais?

PROSERPINE.

Félicitez-vous-en!

SABATINO.

Tiens! pourquoi?

PROSERPINE.

Si j'aimais!...

—On prétend que je suis orgueilleuse; et qu'y puis-je?
Je n'ai pas découvert encor par quel prodige
D'élégance et d'esprit, par quel tas de beautés,
Par quel ruissellement de grandes qualités,

Les hommes dont je vois les actes et les gestes
Nous encourageraient à nous faire modestes.
Je crois que je vous vaux, d'âme comme de corps,
J'en conviens. Orgueilleuse? oui, je le suis! — Alors
Écoutez. Mon palais rayonne sur la place.
Il n'est pas dans la ville un train que je n'efface.
Véronèse et Titien pendent à tous mes pans.
Qui pourrais-je envier au monde? Je répands,
Quand j'éblouis la nuit de mes fêtes illustres,
Plus de jour de mon front que de mes trente lustres!
Je suis ce que je veux. Je n'aime pas. — Eh bien,
Moi qui suis tout, que j'aime, et je ne suis plus rien.
Un homme est à mes pieds, je n'aurais qu'à lui dire :
« Voulez-vous m'épouser? » il crèverait de rire.
Que m'importe? s'il est des femmes que l'on voit
Regretter leur vertu, leur chambre sous le toit,
Leur serin, leurs trois pots de fleurs sur les croisées,
Et le garçon tailleur qui les eût épousées,
Je n'en suis pas. — Tel est l'amour qu'on a pour nous.
On est noble, on est riche, on est à nos genoux;
Si vous ne voulez pas, je meurs! on nous adore,
Et, si nous consentons, on nous pare, on nous dore,
On nous aime à grand bruit en public; on est fier
De nous montrer; la gloire est de nous payer cher;
On nous expose, on nous étale, on nous promène;
Nous sommes l'oripeau dont on se drape en scène
Et qui fait un effet de splendeur à vingt pas...
Habits du comédien que l'homme ne met pas!

C'est ainsi. — Vous voyez que mon orgueil raisonne.
Cela m'est bien égal, moi, je n'aime personne.
Je n'ai dès lors aucune infériorité
Dans nos relations. Je donne ma beauté,
Vous me rendez l'argent, les bals, la bonne chère,
Les chevaux, les palais ; — matière pour matière.
Mais l'amour ne veut pas d'or, de bals, ni de cour
De plats complimenteurs ; l'amour veut de l'amour.
Ah ! si j'aimais quelqu'un ainsi qu'une autre femme ;
Ah ! si ce n'était plus le corps, si c'était l'âme
Qui se voulût donner, et qu'en me l'échangeant
Un de vous me rendît mon amour en argent ;
Si j'étais réservée à l'horrible souffrance
D'être arrachée un jour de mon indifférence,
Et qu'un misérable homme eût sur moi ce pouvoir
De se faire aimer !... Non ! jusqu'à ce désespoir,
Je suis debout, je vis, je règne, mon sort brille.
Ce n'est que par l'amour que je deviendrais fille.
Aimez-moi, dites-vous ? Vous le dites tout haut ?
Prenez garde qu'un jour je ne vous prenne au mot !
Entendez-vous ? l'amour, qui mettrait à toute autre
Une couronne au front, nous arrache la nôtre.
Duchesse avant d'aimer, et mendiante après.
Oh ! si j'aimais quelqu'un, tenez, je le tuerais !

SABATINO, à part.

Est-ce que ?... Diantre ! Vite, un bon coup de cognée
Là-dedans !

Haut.

Vous avez raison d'être indignée
De nous voir aux beautés complaisantes à tous
Préférer bêtement des vierges rien qu'à nous,
Et désirer, plutôt que ces universelles,
Des niaises que nul ne connaît...

PROSERPINE.

Et si celles
A qui vous demandez tant de chastes vertus
Voulaient aussi des cœurs que personne n'eût eus?
Car, qu'êtes-vous donc tous, sinon des courtisanes?

SABATINO.

Le temps arrivera, j'espère, où, moins profanes,
Nous voudrons, pour avoir de vrais contentements,
Qu'on nous apporte en dot deux douzaines d'amants;
Mais jusqu'à ces beaux jours, ma chère, restez bonne.
Vous m'avez convaincu que vous n'aimez personne.
Eh bien, je ne veux rien changer à votre cas.
Aimez-moi seulement comme vous n'aimez pas.
Ma manière de vous aimer est la commune,
J'ai le cœur comme tous, et non pas la fortune;
Pourquoi? Me croyez-vous pauvre?

PROSERPINE.

Vous m'insultez.

SABATINO.

Ou bien ladre?

PROSERPINE.

Seigneur !...

SABATINO.

Je suis riche...

PROSERPINE.

Sortez !

SABATINO.

Vous avez avec moi des façons qui me passent...

PROSERPINE.

Si vous ne voulez pas que mes valets vous chassent,
Allez-vous-en ! et sans un seul mot !

SABATINO.

Je me tais,

Madame, et pour toujours. Adieu.

Il salue et sort.

PROSERPINE, seule.

Je n'en étais

Qu'à son indifférence ; il manquait sa colère.
— Tu me paîras l'affront que je viens de te faire !

SCÈNE TROISIÈME

Un boulevard solitaire.

PROSERPINE, seule.

Seule avec les projets que ma colère couve,
Sous ces ombrages noirs j'erre comme une louve
Sabatino n'a pas compris. Tant mieux ! Pourtant
D'où vient que j'étais triste et blessée en sentant
Qu'il ne comprenait pas? et pourquoi lui disais-je
Ces choses? Oh ! j'ai peur, si Dieu ne me protége,
Oui, j'ai peur de finir par une lâcheté.
« Je suis riche ! » O dégoût de l'amour acheté !
« Riche ! » Qu'il passe un pauvre, et, s'il veut, je me livre !
« Riche ! » Un mendiant !

Arrivent quatre sbires, entraînant un drôle déguenillé, les mains liées
derrière le dos.

PROSERPINE, SQUAROCCA, LES SBIRES.

UN SBIRE, poussant Squarocca.

Va!

SQUAROCCA.

J'ai plaisir à vous suivre,
Mais ne vous pressez pas pour moi.

PROSERPINE, reconnaissant le sbire.

Gil! — qu'est-ce qu'a
Commis cet homme?

LE SBIRE, saluant.

Il a volé. C'est Squarocca.

SQUAROCCA.

Excusez-moi si j'ai mon chapeau sur la tête,
Madame; vous voyez qu'un chanvre vil m'arrête.
Déliez-moi les mains, drôles, soyez polis
Pour madame!

LE SBIRE.

Il a fait — oui, prends tes airs jolis —
Déjà quinze ans de bagne. Il paraît qu'il désire
Recommencer.

SQUAROCCA, à Proserpine.

Ce mot est de l'esprit de sbire.

LE SBIRE.

Tout à l'heure, en suivant ces boulevards déserts,
Comme nous regardions un ballon dans les airs,

Un de nous tout à coup vit dans une fenêtre
Une jambe, ou plutôt un talon, disparaître.
Il nous sembla prudent de suivre ce talon,
Et, le mur enjambé, nous vîmes un salon
Où, sans se dépêcher, comme un propriétaire,
Cet affreux scélérat forçait un secrétaire.
Il avait bien choisi l'endroit pour son dessein ;
Maître et valets absents ; maison sans nul voisin.
Sans nous, il emplissait ses poches et ses bottes.
Ah ! tu vas en avoir aux pattes des menottes
Et des carcans au cou ! Va, canaille !

Proserpine fait signe au sbire de venir à elle.

PROSERPINE.

Quel prix,

Mon cher, espères-tu toucher pour l'avoir pris ?

LE SBIRE.

J'aurai le compliment du chef qui me commande !

PROSERPINE.

Ce compliment, combien crois-tu que ça se vende ?

LE SBIRE.

Ça se vende !..

PROSERPINE.

En veux-tu trente ducats ?

LE SBIRE.

Comment ?

PROSERPINE.

Donne-moi ce bandit. Personne en ce moment

Ne sait que tu l'as pris et n'aura de reproche
A te faire, et ta gloire alourdira ta poche.

LE SBIRE.

Attendez.

Il va parler à ses camarades.

PROSERPINE.

Squarocca !

Squarocca fait un pas vers elle.

Que préféreriez-vous,
D'une bonne prison avec de bons verrous
Et vingt geôliers ayant aux mains de fortes triques,
Ou d'un palais de marbre avec vingt domestiques
Tout prêts à devancer votre moindre désir ?

SQUAROCCA, étonné.

Ah çà !...

PROSERPINE.

Que boiriez-vous avec plus de plaisir,
L'eau croupie et fétide où le guichetier bave,
Ou bien les meilleurs vins du monde à pleine cave ?

SQUAROCCA.

J'admets les quolibets, mais ça dépend jusqu'où
Va...

PROSERPINE.

Qu'aimeriez-vous mieux autour de votre cou,
Un dur carcan de fer, ou les bras d'une femme
Qui me ressemblerait ?

SQUAROCCA.

Vous m'embêtez, madame !

PROSERPINE.

Je ne plaisante pas. Dis. Le carcan ou moi?

SQUAROCCA.

Pour de bon?

PROSERPINE.

Pour de bon.

SQUAROCCA.

Alors, je choisis toi!

— Nous marions-nous?

PROSERPINE.

Non.

SQUAROCCA.

Je le regrette presque.

Le sbire revient et parle bas à Proserpine.

LE SBIRE.

C'est entendu.

PROSERPINE.

Voici.

Elle le paye.

SQUAROCCA.

Maintenant, soldatesque,

Évanouissez-vous.

LE SBIRE.

Merci, madame.

Il salue et part avec ses hommes.

———

PROSERPINE, à Squarocca.

Attend,

Mon cher.

Elle le délie.

SQUAROCCA.

Et puis?

PROSERPINE.

Il est six heures, c'est l'instant
Où le beau monde sort. Me ferez-vous la grâce
De me donner le bras pour traverser la place?

Squarocca lui tend son bras de haillons, elle y passe son bras de
dentelles.

Ils s'en vont.

SCÈNE QUATRIEME

Une place.

Foule riche et élégante. La fleur de la ville. — Arrivent Proserpine et
Squarocca. — Squarocca ravi et embarrassé.

PROSERPINE, SQUAROCCA, puis ORLANDO.

PROSERPINE.

Allons, le front plus haut, mon cher seigneur! Pourquoi
Ne vous serrez-vous pas tendrement contre moi?

SQUAROCCA.

C'est que —

PROSERPINE.

Je vous fais honte?

SQUAROCCA.

Oh!

PROSERPINE.

Quel respect vous gagne?
Soyez chez vous! Rêvez que vous êtes au bagne.

Les passants commencent à s'inquiéter de ce couple singulier. Les amis à qui Proserpine envoie un bonjour croient lui devoir de ne l'avoir pas vue et s'enfuient rapidement. Elle arrête un jeune homme qui s'enfuyait comme les autres.

PROSERPINE.

Qu'est-ce donc, Orlando? vous m'évitez?

ORLANDO.

Non, mais

J'étais un peu surpris —

SQUAROCCA, prenant de l'aplomb.

Des habits que je mets?

Oui, c'est un goût que j'ai ; non que je sois avare,
Mais j'aime me vêtir d'une façon bizarre.
Ces morceaux de vingt tons divers ont des attraits
Pour l'œil du coloriste, et les trous tiennent frais.

PROSERPINE, à Orlando.

Mon cher, puisque je viens sur la publique voie,
C'est que je ne crains pas sans doute qu'on me voie
Avec ce cavalier. — Monsieur est mon amant.

ORLANDO, rougissant.

Oh ! je ne juge pas les gens au vêtement.

PROSERPINE.

Monsieur est un bandit.

SQUAROCCA.

Galérien.

ORLANDO.

Je passe,

D'ailleurs, et ne faisais que traverser la place.
Je n'ai plus qu'un moment si je veux souhaiter
Bon voyage à Renzo.

SQUAROCCA.

Renzo va nous quitter?

PROSERPINE, à Squarocca.

Très-bien.

ORLANDO.

Il part ce soir.

SQUAROCCA.

Et vers quelle patrie

Va-t-il?

ORLANDO.

Il va chercher sa sœur. Il la marie.

SQUAROCCA.

Avec lequel de nous?

ORLANDO.

Avec Sabatino.

PROSERPINE, tressaillant.

Avec Sabatino? ce n'est pas vrai!

ORLANDO.

L'anneau

Est commandé.

PROSERPINE.

C'est faux, vous dis-je!

ORLANDO.

Elmiro quitte
Renzo, qui va chercher de ce pas la petite.

PROSERPINE.

C'est la sœur de Renzo?

ORLANDO.

Nommée Angiola.
Et méritant son nom! un petit ange! Elle a
Dix-sept ans, et surtout deux yeux!...

PROSERPINE.

Qui vous demande
Le nombre de ses yeux?

ORLANDO.

Elle n'est pas très-grande,
Mais...

PROSERPINE.

Où Renzo va-t-il la prendre?

ORLANDO.

A son couvent.
A Turin. Mais elle est venue ici souvent.
Et puis, Sabat allait à Turin. Il l'adore
Depuis deux ans.

PROSERPINE.

Deux ans! et ce matin encore!...

ORLANDO.

Pardon si je vous laisse.

PROSERPINE.

Adieu.

SQUAROCCA.

Soyez absent,

Seigneur.

Orlando s'en va.

PROSERPINE, SQUAROCCA, — LA FOULE.

PROSERPINE.

Ces choses-là s'apprennent d'un passant !

SQUAROCCA.

Mais, ma chère...

PROSERPINE.

On les aime, elles ! on les épouse !

SQUAROCCA.

Pardon, mais on dirait que vous êtes jalouse
D'un autre homme que moi.

PROSERPINE.

Tout te doit être égal,

N'est-ce pas, mal ou bien ?

SQUAROCCA.

Je préfère le mal.

PROSERPINE.

Je peux te demander une preuve de zèle ?

SQUAROCCA.

Lorsque vous m'avez pris, j'ai dit : — Elle est trop belle
Pour ne pas exiger quelque chose de laid.
— S'il ne faut que tuer, comptez sur mon stylet.

PROSERPINE.

Mais tutoyons-nous donc, mon cher amour. — Je paye
Toujours d'avance. Entrons chez nous, et qu'on s'égaye!
Réalise tes vœux! Sois riche, aimé, puissant !

SQUAROCCA.

Et buvons!

PROSERPINE.

Oui, d'abord du vin! après...

SQUAROCCA.

Du sang !

Ils entrent dans la plus riche maison de la place.

SCÈNE CINQUIÈME

Un bois.

Soleil couchant dans les arbres. — Proserpine et Squarocca, habillés en bohèmes, attendent et guettent. Proserpine a un masque à la main.

PROSERPINE, SQUAROCCA.

PROSERPINE.

Empoigne-la !

SQUAROCCA.

Tu vas juger ce que je vaux !
Le postillon est bon. L'attache des chevaux
Casse à vingt pas d'ici ; pas un bout de ficelle ;
Il faut aller au bourg le plus proche ; il dételle
Un cheval, et s'en va. Pour aller et retour,
Trois quarts d'heure, et l'on voit déjà baisser le jour.
C'est alors que je viens, escorté de deux hommes
Que j'ai dans ce fourré, — deux nobles cœurs ! Nous sommes

17

De bons bohémiens qui passent dans un bois.
Nous nous intéressons à la voiture. A trois,
Soudain, nous empoignons le monsieur et la dame,
Sans même avoir besoin de tirer une lame.
Nous bâillonnons le frère et l'attachons au tronc
D'un arbre; les passants, au jour, le délieront.
Je prends la sœur, et puis aussitôt je l'emporte...

PROSERPINE.

Tu ne lui feras pas de mal? d'aucune sorte?

SQUAROCCA.

Suis-je honnête homme ou non? Et n'ai-je pas touché
— Et largement — le prix de notre doux marché?
J'ai quelque part un trou dans les rocs. Je l'y mène.
Là, tous deux, sans danger d'une rencontre humaine,
Elle et moi, nous vivrons le temps qu'il te plaira.

PROSERPINE.

Bon. Mais je voudrais bien —

SQUAROCCA.

Quoi donc, ma senora?

PROSERPINE.

La voir!

SQUAROCCA.

Si tu veux voir comment est sa figure,
Mets ton masque. Ils viendront avant la nuit obscure.

PROSERPINE.

Lui parler! seule.

SQUAROCCA.

Il faut en chercher le moyen.
Attends, je vais poster mes gens, et je revien.

Exit Squarocca.

PROSERPINE, seule.

Je n'étais pas assez terriblement saisie :
Ce n'était que l'amour, voici la jalousie !
— Je souffre tant que j'ai plus d'une fois pensé
A l'accepter ainsi qu'il s'était proposé,
Ou bien même à lui tout déclarer. Le délire
Me prend. Malheur à lui s'il me faisait tout dire !
Et puis, qu'y gagnerais-je? un peu plus de mépris,
Voilà tout. Espérer de l'attendrir? Tu ris,
Courtisane!... — Mon sort est fixé. Que m'importe
Qu'Angiola l'épouse ou non? Fût-elle morte,
En serais-je donc moins une fille? — Pourtant
S'il m'aimait? En l'aimant beaucoup, en sanglotant...
Il ne prend cette enfant que par dépit peut-être!
Certainement! Je suis belle... — Vas-tu te mettre
Du côté de l'amour, orgueil? silence, ami !
Nous ne lui résistons, tu vois bien, qu'à demi.
— O jalousie étrange où mon sort me ravale :
Ce serait n'ôter rien que d'ôter la rivale !
—Oui, j'ai tout, or, palais, chevaux, flatteurs, crédit,
Les fêtes, dont je suis la reine, comme on dit.

Déesse inférieure à qui mon nom me mêle,

Ma sombre royauté de la tienne est jumelle;

Toi loin du jour, moi loin de l'amour, deuil pareil.

Nous sommes, ô ma sœur, deux reines sans soleil!

Squarocca accourt.

SQUAROCCA, PROSERPINE.

SQUAROCCA.

Une voiture!

PROSERPINE.

Est-ce elle?

SQUAROCCA.

Écoute. Elle s'arrête.

Bruit de voix. Ce sont eux. — Tu tiens au tête-à-tête?

PROSERPINE.

Avec elle? oui.

SQUAROCCA.

Je vais la mettre dans ta main.

Mais tu te hâteras; si sûr que ce chemin

Puisse être, il faut toujours dépêcher ces besognes.

— Attends, je vais chanter le doux chant des ivrognes.

— Mais quand pourrai-je agir?

PROSERPINE.

Quand je crierai: Renzo!

SQUAROCCA.

Au cri : Renzo! je pars. Attends.

Il chante.

Vin qui rougis ma trogne,
Qu'as-
Tu fait de mes ducats?
Grogne
Le vénérable ivrogne.

Pour la soif que je sens
Proche,
Je fouille dans ma poche,
Sans
Y trouver ces absents!

Que buvons-nous, en somme?
Nous.
Des doublons jusqu'aux sous,
Comme
Les cruches vident l'homme!

Lorsque le buveur croit
Boire,
Il va contre l'histoire
Droit :
C'est le vin qui nous boit!

On voit paraître sous les arbres Renzo et une toute jeune fille, cherchant
après la voix.

SQUAROCCA.

Voici l'oiseau.

Mets donc ton masque!

PROSERPINE.

Elle est belle, la misérable!

Elle se masque. — Arrivent Renzo et Angiola.

LES MÊMES, ANGIOLA, RENZO.

RENZO, à Angiola.

Il peut ne rien trouver dans ce bourg exécrable.
Si ce chanteur...

SQUAROCCA, saluant.

Seigneur, est-ce qu'il vous serait
Arrivé malheur? Ciel! vous semblez triste.

RENZO.

Un trait
S'est rompu. Je voudrais trouver quelque courroie.

SQUAROCCA.

J'ai celle de mon sac! Voulez-vous que je voie
Si je ne pourrais pas pourvoir à l'incident?

RENZO.

Volontiers.

SQUAROCCA.

S'il vous plaît, pour me payer, pendant
Que nous allons tâcher de réparer la frasque
Du cuir, ma sœur va dire à madame —

ANGIOLA, regardant Proserpine.

Ce masque

Qu'elle a, pourquoi donc?

PROSERPINE.

C'est que je suis l'inconnu,

L'avenir, qui jamais ne montre son front nu.

SQUAROCCA.

Ma sœur vous prédira l'avenir.

ANGIOLA.

Oh! j'essaie!

J'ai toujours désiré rencontrer une vraie

Bohémienne!

RENZO.

Bien. Je te rappellerai.

Il s'en va avec Squarocca.

PROSERPINE, ANGIOLA.

Le jour baisse.

PROSERPINE.

Votre main.

Elle prend la main d'Angiola souriante et tremblante.

Vous venez de Turin.

ANGIOLA.

Oui, c'est vrai.

PROSERPINE.

Un événement grave, inespéré, suprême,
Va changer votre nom.

ANGIOLA.

Mais c'est vrai!

PROSERPINE.

Ce soir même

Un jeune homme charmant, qui vous fait les yeux doux...

ANGIOLA.

Mais c'est que c'est très-vrai! Comment le savez-vous?

PROSERPINE.

Vous attend à souper.

ANGIOLA.

M'aime-t-il bien?

PROSERPINE, lui serrant durement la main.

S'il t'aime,

Malheur à lui!

ANGIOLA.

Comment!

PROSERPINE.

Le ciel dit anathème

A votre mariage! Enfant, retourne-t'en
Au couvent d'où tu sors, ou prends garde à Satan !

Elle lui lâche la main.

ANGIOLA, effrayée.

Mais —

PROSERPINE.

Ne l'épouse pas si tu veux te soustraire
Au noir sépulcre, et si tu veux sauver ton frère !

ANGIOLA.

Mon frère !

PROSERPINE.

Il va mourir ! Tu n'as plus qu'un moment.
Tu viens du cloître; alors tu dois croire au serment,
N'est-ce pas? Jure-moi, par ta mère que glace
La terre, de ne pas l'épouser, quoi qu'il fasse !
Romps le charme maudit dont il t'ensorcela.
Jure.

ANGIOLA, l'observant.

Quel intérêt avez-vous à cela?
L'ardeur dont vous parlez...

PROSERPINE.

Renonce à ta chimère
Et je te sauverai. Jure-le par ta mère !

ANGIOLA.

Il faudrait...

PROSERPINE.

Sur-le-champ !

ANGIOLA.

Ni ce soir ni demain.
Vous ne m'effrayez pas. D'autant qu'à votre main,
A votre voix, à tout votre air, je conjecture

Que vous n'avez jamais dit la bonne aventure.

PROSERPINE.

Non, je ne la dis pas, enfant, — mais je la fais!

Elle se démasque.

L'amour aurait pour vous de sinistres effets.
Tenez, vous m'avez l'air d'une enfant simple et douce,
Allez- vous-en! J'ignore où le démon me pousse,
Mais je sens que mon sort touche au terme à présent,
Et qu'il va se verser moins de pleurs que de sang!
Votre Sabatino m'appartient! Soyez sage,
Et tâchez de ne pas me barrer le passage,
Ou vous pourriez avoir à vous en repentir.
Au couvent! au couvent! Je dois vous avertir
Que ce ne sont pas là des amours comme d'autres.
De lugubres amours, pauvre enfant, que les nôtres!
Les lames vont reluire avant la fin du jour.
Les autres, d'ordinaire, ont, pour faire l'amour,
Les serrements de main où toute l'âme passe,
Les mots mystérieux, les rougeurs de la face,
Le sourire, les pleurs, que sais-je? C'est à coups
D'épée et de stylet que nous le faisons, nous!

ANGIOLA, criant.

Renzo!

PROSERPINE.

Silence!

ANGIOLA.

A moi, Renzo! Renzo!

PROSERPINE.

Courage,
Malheureuse!

LA VOIX DE RENZO.

Au secours!

ANGIOLA.

Qu'est ceci?

PROSERPINE.

Votre ouvrage!

ANGIOLA.

Oh! nous sommes tombés dans un piége hideux!

Elle s'élance du côté de Renzo. — Squarocca l'arrête. — La nuit est
tout à fait descendue.

PROSERPINE, ANGIOLA, SQUAROCCA,

PUIS RENZO ET DES CARABINIERS.

SQUAROCCA.

C'est terminé par là. Maintenant à nous deux.

Il saisit Angiola.

ANGIOLA.

Infâme!

SQUAROCCA, la bâillonnant.

Vous griffez, ma minette!

ANGIOLA.

Ah! madame!...

— Ho!

SQUAROCCA.

C'est fait.

Il lui lie les mains. — Un coup de fusil.

Hé! ceci n'est pas dans le programme.

Autres coups de fusil.

Diable! sauve qui peut!

Il laisse Angiola et s'enfuit. — Proserpine se jette dans un fourré.

RENZO, appelant et cherchant.

Angiola! Par où
La chercher dans cette ombre? Oh! je deviendrai fou!
Ma sœur!

Angiola, ne pouvant parler, va vers lui.

Ah! — Bâillonnée, elle aussi! Bande infâme!
— Attends.

Il lui ôte le bâillon et la délie.

ANGIOLA.

L'homme a couru de ce côté, — la femme
Par là.

Deux carabiniers se précipitent.

RENZO.

Te voilà donc sauvée! Embrasse-moi!
Pauvre petite sœur! Tu n'as rien?

ANGIOLA.

Non. Et toi?

RENZO.

Rien. — Viens. Le postillon revenait, il attelle
Les chevaux. Viens.

Ils s'en vont.

PROSERPINE, *sortant du fourré.*

Il faut que j'arrive avant elle !

SCÈNE SIXIÈME

Un salon éclairé par des lampes.

SABATINO, seul.

Quand je pense qu'avant une heure elle sera
Ici, — que dans huit jours elle m'épousera!
Après ces cœurs flétris, cette âme virginale!
Il me semble, au sortir d'une foule banale,
Chaleur, poussière et route, entrer dans un bois frais
Où tout bas un ruisseau dit de charmants secrets.
O Dieu! de quelle lèvre altérée et rapide
Je vais me rafraîchir à cette âme limpide!
Ah! que ce chaste amour ne ressemble jamais
Aux amours en plein vent!

Entre Proserpine.

PROSERPINE, SABATINO.

SABATINO.

Vous ici !

Elle se jette à genoux d'un air farouche et menaçant.

PROSERPINE, à voix basse.

Je t'aimais.

Je voulais t'arracher de mon âme insensée ;
Mais ce que je faisais pour chasser ta pensée
L'enfonçait plus avant. Oh ! j'ai bien combattu !
J'avais beau fuir, ton front était partout. Sais-tu
Ce que c'est que d'avoir un cœur qui vous dévore ?
Le jour, les longues nuits...

SABATINO.

Madame...

PROSERPINE, durement.

Pas encore !

Je ne t'ai pas tout dit. Tu répondras après. —
Je souffrais. De songer que, lorsque tu m'aurais,
Je ne serais pour toi, comme pour tout le monde,
Qu'un quart d'heure de joie et qu'une coupe immonde
Qu'on effleure et qu'on jette après derrière soi,
J'en avais des accès de rage contre toi.
C'est ce que je serai. Juge à quel point je t'aime,
Puisque, sachant cela, je m'offre à toi de même
Et que, mon triste cœur n'ayant plus qu'un souci,
Reine partout, je viens être servante ici.

J'ai résisté longtemps. Je souffrais le martyre.
Quand je te rudoyais, c'est singulier à dire,
Je sais bien, mais tu m'en peux croire désormais,
C'était précisément parce que je t'aimais.
Ma haine t'adorait! Tu ne pouvais comprendre.
Plus méchante toujours lorsque j'étais plus tendre.
Quand j'étais insolente en vous parlant, c'est fou,
Eh bien! c'était de peur de te sauter au cou!

Se relevant.

Tu comprends que voici maintenant une porte
Dont je ne puis franchir le seuil qu'aimée ou morte.
Je viens de nous couper toute retraite exprès.
A présent, un seul mot. Me veux-tu?

SABATINO.

Je pourrais,

Madame, dans ceci voir encor votre haine.
Choisir, pour m'honorer d'une pareille scène,
L'heure où ma femme arrive ici!...

PROSERPINE.

Je t'aime! Quoi!

Tu doutes que je t'aime à plein cœur, quand c'est moi
Qui te le dis!

SABATINO.

Amour ou vengeance, du reste,

Il n'importe! Une vierge adorable et céleste
M'est accordée enfin. Je l'attends. Vous voyez
Que vos épanchements ici sont fourvoyés.

18

PROSERPINE.

C'est impossible ! O Dieu ! lorsqu'enfin je confesse
Ce que j'ai si longtemps caché ! Quand je me baisse
Pour ramasser l'amour où vous nous le placez !
J'ai paru vous haïr et vous m'en punissez ;
Mais maintenant le fond de mon âme s'éclaire.
Ce mariage était un accès de colère ;
Vous étiez à mes pieds vendredi ; vous n'avez
Depuis pas même vu cette enfant. Vous savez
A présent le motif de toute ma conduite.
Je t'aimais. J'aurais dû l'avouer tout de suite.
Mais vous autres aussi, vous ne comprenez rien !
Fille, tu veux qu'ils voient dans ta pensée ? eh bien,
Déchire-toi le cœur ! Et quand je le déchire,
Ce serait inutile ! Et tu pourrais en rire
Avec elle ! Voyons, tout cela, c'est passé.
Je conviens que j'avais fait un rêve insensé.
Viens. Puisque je te dis que je ne suis plus fière !
Je renonce. Tu peux m'aimer à ta manière.
Mon orgueil est brisé. Je serai ton jouet,
Ton passe-temps. Pourquoi rêves-tu là, muet ?
Viens. Pour être à la mode, il faut que l'on m'ait eue.
Voyons, ne sois donc pas plus froid qu'une statue.
Je suis belle pourtant. Tu n'as donc pas de sens ?
Tiens, vois ma gorge ! Oh ! viens. Je n'ai pas vingt-deux an
Je suis à tes pieds, moi qu'on nomme l'inhumaine !
Tu ne me garderas qu'un mois ! qu'une semaine !
Viens ! Tu l'épouseras ! Mais viens donc !

SABATINO.

Mais vraiment,
Vous me voyez confus de cet égarement.
Je me marie avec une femme que j'aime.
Elle arrive à l'instant. Vous comprenez vous-même
L'effet que produirait votre présence ici.
C'est l'amour qui la cause, et je la prends ainsi,
Mais véritablement votre bonté m'accable.
Vraiment, adieu.

PROSERPINE.

C'est votre arrêt?

SABATINO.

Irrévocable.

PROSERPINE.

Mais je me suis pourtant traînée à vos genoux !
Réfléchissez. Je suis si sûre, entendez-vous,
Qu'après ce que j'ai dit nous devons vivre ensemble
Que je le dis encor. Tiens, je t'adore. Tremble.

SABATINO.

Vos menaces, ma chère...

Bruit de voiture.

Oh! c'est Angiola !
C'est le bonheur !

Il sort en hâte.

PROSERPINE.

Oublie, homme, que je suis là!

Elle va se cacher derrière une portière.

Un instant après, entrent Sabatino et Angiola.

PROSERPINE, — SABATINO, ANGIOLA.

ANGIOLA.

Ces deux carabiniers que Renzo congédie?
Ce sont deux des acteurs de notre tragédie;
Car vous ne savez pas, il nous est arrivé
Une aventure! Un rien, et vous étiez privé
D'Angiola!

SABATINO, pâlissant.

Comment?

ANGIOLA.

Mais je suis très-vivante,
Rassurez-vous.

SABATINO.

Vivante! oh! cela m'épouvante!
Quel danger donc?...

ANGIOLA.

Renzo va vous dire en montant
Toute l'histoire.

SABATINO.

Oui, nous avons cet instant

A nous tout seuls. C'est vous! Comme vous êtes belle!

PROSERPINE, à part.

Tu la hais donc?

SABATINO, regardant Angiola avec ravissement.

Doux ange aimé!

PROSERPINE, à part.

Pitié pour elle!

ANGIOLA.

Comme j'aime Renzo! comme il est bon d'avoir
Permis que nous venions souper chez vous ce soir!

SABATINO.

Chez nous!

ANGIOLA.

Oh! pas encor, monsieur!

SABATINO.

Mon bien suprême!

ANGIOLA.

Il me reste huit jours pour dire non. Je t'aime!

SABATINO.

Le paradis est sur la terre!

Ils se tiennent embrassés.

Tout à coup, Proserpine surgit derrière eux, un stylet à la main, et frappe Angiola.

PROSERPINE.

Celle-ci

Ne t'aura pas non plus!

Angiola tombe.

SABATINO.

Misérable!

Il arrache le stylet des mains de Proserpine et la frappe.

PROSERPINE, tombant.

Merci.

Sabatino prend Angiola dans ses bras et lui bande sa blessure avec un mouchoir.

SABATINO.

Du secours! — Chère enfant! grand Dieu! son sang ruisselle!

Des valets entrent.

Vite! courez!

PROSERPINE.

J'allais me tuer après elle.
Le coup m'en est plus doux de ton bras que du mien;
Je te rends grâce encor; — mais tu l'aimais donc bien!

SABATINO, à Angiola.

Tu souffres, n'est-ce pas?

ANGIOLA.

Oh! oui, beaucoup!

SABATINO, lui coupant son corset.

A l'aide!
Au meurtre! — Il est, bien sûr, encore du remède.
Pauvre ange! tu vivras, sois tranquille. Mets-toi
La tête sur mon cœur.

Il la porte sur un divan et lui arrange les coussins.

PROSERPINE, seule dans un coin.

J'agonise aussi, moi!

Entre Renzo.

RENZO.

Qu'est-ce donc qui se passe?.. Angiola!

SABATINO.

Silence!

Renzo aide Sabatino.

ANGIOLA.

O mon Dieu!

SABATINO.

Que sens-tu? dis.

ANGIOLA.

Tout mon cœur s'élance...

PROSERPINE.

Le mien aussi!

ANGIOLA.

J'ai là...

RENZO.

Mon Dieu!

ANGIOLA.

J'étouffe!

SABATINO.

Il faut...

PROSERPINE.

Mais...

Elle se traîne en rampant jusqu'à Sabatino.

ANGIOLA.

Ha! je meurs.

PROSERPINE, à Sabatino.

Je peux t'accuser!

Sabatino soulève la tête d'Angiola, qui retombe.

SABATINO, sanglotant.

Morte!

PROSERPINE, se pendant à son bras.

Un mot

De pitié seulement! un mot!

SABATINO.

Prostituée!

Il la jette rudement à terre. Rentrent les valets, amenant un chirurgien. — Proserpine fait un suprême effort, se redresse sur les genoux et se tourne vers les assistants.

PROSERPINE.

C'est moi qui l'ai tuée — et qui me suis tuée.

Elle meurt.

LIVRE CINQUIÈME

I

A VICTOR HUGO

Je suis à Villequier! et le printemps commence!
On sent dans on ne sait quelle douceur immense
    Que l'instant est venu.
Les branches, qu'un vent tiède avec amour caresse,
Mettent leur robe verte, et plusieurs par paresse
    Ont encore un bras nu.

Et votre nouveau livre en ce moment s'achève !
Et, devant la fierté des chênes que la séve
      Vient de ressusciter,
Dans cette éclosion des feuilles et des ailes,
Sous ce ciel rayonnant, des strophes éternelles
      Vont se mettre à chanter !

Oh ! qu'elles chantent ! Tout attend leur arrivée.
Car le bruit des ruisseaux, le cri de la couvée
      Et le frisson du bois
Ne sont, dans le concert du théâtre terrestre,
Que l'accompagnement. La nature est l'orchestre,
      Le poëte est la voix !

II

DE MON VILLAGE

Si « le villageois » vous oublie?
Il voudrait bien! Mais il faudrait
Que la fleur ne fût pas jolie
Ni fraîche au soleil la forêt.

Il faudrait que la blanche voile
N'eût pas le gonflement soyeux

De votre robe, et que l'étoile
Ne me rappelât pas vos yeux.

Il faudrait, pour être infidèle
Au charme éternel qui me prit,
Qu'on ne vît pas à l'hirondelle
Les deux ailes de votre esprit

Il faudrait qu'azur, eaux, calices,
Ne vinssent pas de tous côtés
Se faire vos divins complices
Et m'obséder de vos beautés.

Ce qui rendrait l'oubli facile,
C'est que le bouvreuil chantât faux,
Que le ruisseau fût imbécile
Et que la rose eût des défauts.

Il faudrait — j'y perdrai ma peine —
Que le souffle embaumé du bois
Ne dît pas : Je suis son haleine,
Et le rossignol : J'ai sa voix !

Il faudrait beaucoup trop de choses.
J'y renonce donc. Et d'ailleurs,

Quand je fais ce reproche aux roses
D'imiter votre lèvre en fleurs,

Elles disent, si je me fâche,
Que j'ai le cœur d'un épagneul
Et que je serais assez lâche
Pour me souvenir a moi seul.

III

Je revois le village abrité par la côte,
La maison, le jardin où gaîment le flot saute,
Le clair ruisseau qui court sous les branches, le banc
Où je venais songer lorsque le jour tombant
Fait coucher les oiseaux et lever les étoiles;
Je revois les sentiers, les bois, les fleurs, les voiles,
Et cela me remue au plus profond du cœur
De tout retrouver... Tout? Il y manque ma sœur
Et mon frère. Ils viendront la semaine prochaine,
Mais ils sont comme moi, la ville les enchaîne;
Et Villequier n'a plus en nous que des passants.
Le Havre est leur Paris. Et plus qu'ailleurs je sens
Cette dispersion âpre de la famille

Dans ce jardin natal et sous cette charmille
Où les enfants jouaient tous ensemble autrefois
Et, n'ayant qu'un seul cœur, en avaient chacun trois !

Il faut donc que la vie en tous sens nous enlève?
La sœur a son mari, les frères ont leur rêve.
Et, sans songer aux pleurs de la vieille maison,
Chacun de son côté s'en va dans l'horizon.
O Dieu sombre ! pourquoi, mêlant deux lois contraires,
Ou nous faire étrangers, ou nous avoir faits frères ?
Pourquoi, puisque votre œil voit d'un coup tout le temps,
Des berceaux si serrés pour des lits si distants ?

IV

LE BRIN D'HERBE

Demi-nu sur le gazon,
Un enfant joue. Un garçon
    Fort, superbe ;
Quatre ans ; il en vivra cent.
Ce bel enfant florissant
    Cueille une herbe.

Il la met entre ses dents.
Juin rit dans les cieux ardents.
    L'enfant joue

Et chante en mordant sa fleur.
... Qu'as-tu donc? quelle pâleur
    A ta joue!

Tout à coup on voit l'enfant,
Livide et comme étouffant,
    Bouche amère,
Sueur au front, se rouler
Et, frissonnant, appeler...
    Pauvre mère!

Dépêche-toi d'accourir
Pour voir ton enfant mourir!
    Le cher être,
Qui, lui, n'était pas méchant,
Ne soupçonnait pas qu'un champ
    Est un traître!

Cette herbe était un poison.
Quel vide dans la maison!
    Ah! nature!
Ah! tes produits, les voilà!
Création qui hais la
    Créature!

Un autre petit enfant,
Livide, et comme étouffant,
  Bouche amère,
Sueur au front, s'affaiblit...
Demain on fera son lit
  Dans la terre.

Mères! le bonheur est court.
Le médecin! il accourt!
  Il commande
Pour le cher être abattu
Une herbe dont la vertu
  Est très-grande.

On a le flacon d'un bond!
Mais le petit moribond,
  Que dégoûte
L'aspect seul de la cuiller,
Refuse d'en avaler
  Une goutte.

Il s'obstine et se roidit.
Le docteur, dont il maudit
  La visite,

Entre ses dents qu'il défend
Fourre la cuiller... — L'enfant
   Ressuscite !

Il se refait par degrés.
Et bientôt vous le verrez
   Fort, superbe ;
Il expirait en naissant ;
Quatre ans ; il en vivra cent... —
   Et cette herbe

Qui rouvre ainsi ses doux yeux
A la lumière des cieux,
   Chose étrange,
Cet aide du médecin,
Est justement l'assassin
   De l'autre ange !

La nature alors parla :
« Oui, c'est vrai, l'herbe qui l'a
   Arrachée,
La douce proie, au trépas,
Oui, c'est l'herbe que tu m'as
   Reprochée.

« Un peu de son suc ami
Refait de l'enfant blêmi
    L'enfant rose ;
Mais il faut savoir comment,
Et l'apprêt, et le moment,
    Et la dose.

« Il faut savoir ! c'est le mot.
Je vous aime, mais il faut
    Que l'on m'aide.
La science, elle, m'absout.
Hommes, rien n'est poison, tout
    Est remède.

« Tout est bon pour le savant.
La même plante est, suivant
    L'occurrence,
Le meurtre ou la guérison.
Il n'existe qu'un poison,
    L'ignorance. »

V

Le brouillard cachait l'eau comme un voile de prude ;
Le jour ne venait pas ; moi qu'une inquiétude
      Loin de toi toujours mord,
Je marchais tristement sous les branches moroses ;
Le ciel était aussi sombre que moi ; les roses
      Croyaient le soleil mort.

Ta lettre arrive ! — Oh ! quand, des pleurs plein les paupières,
Je la lisais, tout haut, tout bas, de cent manières,
      Ivre à risquer de choir,

Oh! quand, sentant mon cœur revivre à chaque ligne,
Je la lisais aux fleurs, aux arbres, à la vigne,
    Aux flots joyeux de voir

Que tous n'ont pas encor renié la nature
Et qu'il existe encore, après tant de torture,
    Deux cœurs non soucieux
De l'argent, des contrats et des calculs de l'homme,
Qui s'aiment comme l'eau filtre des monts et comme
    L'oiseau va dans les cieux;

Voilà que tout à coup, et comme si, pour naître,
L'aube avait attendu le secours de ta lettre,
    La brume a fui! le jour
Qui ressuscite a fait rire la terre veuve!
Et je me remplissais de soleil, et le fleuve
    Se remplissait d'amour!

VI

Quand, nouveau-revenu de la ville lointaine,
Il vous a rencontrée auprès de la fontaine,
Pourquoi vous êtes-vous enfuie en le voyant?
N'est-il plus votre ami, dites? Parce qu'ayant
Un rêve qui là-bas le retient et l'empêche,
Ainsi que votre frère est parti pour la pêche,
Il a sa pêche aussi, devez-vous oublier,
Quand il revient, vos jeux sous le grand peuplier?
Vous n'auriez pas alors évité son passage.

Le temps change notre âme avec notre visage.
Vous n'êtes plus la même ; — et lui, ce n'est plus lui
Non plus. Cet étranger que votre instinct a fui
Sent en lui bien souvent deux âmes se combattre.
Si vous causiez un jour tous deux, vous seriez quatre.

VII

A MADAME VICTOR HUGO

Ce matin, je dormais, quand l'aube, fille osée
Et qui chez les garçons entre par la croisée,
Rieuse, et doucement querellant mon sommeil,
M'a collé sur les yeux ses lèvres de soleil.
Et puis elle m'a dit : — Viens donc voir la rosée !
Je me suis levé vite, et, ma mère embrassée,
J'y suis allé. — La brume écartait son rideau ;
Les brins d'herbe jetaient des étincelles d'eau ;
La nuit avait mêlé des perles par poignée
Aux dentelles d'argent que brodait l'araignée,
Et le narcisse était, dans les gazons charmants,
Comme un nid dont les œufs seraient des diamants.
C'était une candeur immense, et la première
Aurore n'a pas eu cette fraîche lumière.

Alors j'ai vu venir à moi dans cet éden
Les enfants de ma sœur, triple âme du jardin,
Avec leurs yeux plus purs que le cristal des roches.
Vous savez mon amour des enfants; et ces mioches
Ont parmi leurs raisons pour être mes tyrans
Ceci que le plus vieux des trois n'a pas quatre ans.
Aussi font-ils de moi tout ce qui les amuse.
Ma grande fonction est de mettre l'écluse
Pour grossir le ruisseau; je la lève, et, courant,
Nous allons tous les quatre assister au torrent,
Et c'est une surprise à chaque fois plus neuve
De voir la masse d'eau s'écrouler dans le fleuve.
Puis je suis l'amiral d'une flotte en papier.
Si vous comptiez les mains qu'ils me font gaspiller
En bateaux! quand la flotte est faite, je la lance
Sur le bassin; d'abord, religieux silence;
Et puis, des cris de joie et d'admiration;
Vois-tu? vois-tu? ce sont des bateaux pour de bon,
Des navires qui vont sur l'eau! Moi, j'ai pour charge
De repousser toujours la flotte vers le large,
Et le malheur est grand quand, le touchant trop fort,
Mon brin de paille coule un vaisseau de haut bord!

Et pourtant c'est en vain que tout chante et tout brille.
Et même toi, nature, et même toi, famille,
Vous ne m'emplissez plus le cœur, et j'ai besoin
De ce sombre Paris dont je me croyais loin;

Car quiconque a goûté son eau pleine de fièvres
En emporte partout la soif entre les lèvres!

D'ailleurs, le vrai Paris dont le regret me prend
C'est mes amis quittés; et d'abord le plus grand,
Celui dont les deux noms commencent, quel mystère!
Victor comme Virgile et Hugo comme Homère!
C'est vous, par qui ce front fulgurant s'attendrit,
Sourire de sa gloire, ange de cet esprit,
Vous dans le firmament à cet astre accouplée
Comme au soleil de juin une nuit étoilée.
Maison deux fois bénie! où, nés aux mêmes cieux,
Le génie a ce front et la bonté ces yeux!
Où, prodiguant l'éclair, le rayon et la flamme,
Le sort avec tout l'homme a mis toute la femme!

Vous ne me quittez pas. Vous doutez-vous parfois
Que vous vous promenez avec moi dans les bois?
Ne vous figurez pas, madame, que vous êtes
A la Place-Royale, avec les chères têtes
Des quatre beaux enfants à votre âme pareils,
Et que vous vous plaisez, par ces ardents soleils,
A voir vos marronniers où la brise embrasée
Allume à chaque pousse une bianche fusée.
Vous êtes avec moi, partout, sur les sommets,
Dans la vallée, au bord du fleuve, et désormais

Il faudra m'adresser de très-humbles requêtes
Quand vous désirerez savoir ce que vous faites.
Hier, vous avez vu Caudebec en détail,
La boucherie étrange, et le double portail
De l'église, et la flèche, ode d'architecture;
Puis, après l'art, ce fut, jusqu'au soir, la nature;
Et quand vous reveniez sous l'orme et le bouleau,
Les larmes de la lune étincelaient dans l'eau.
— Je vous ai si bien là que j'aurais peine à dire
Quelle stupidité me pousse à vous écrire
Quand je peux vous parler, et quel est mon travers
De m'en aller jeter à la poste ces vers
Et vous les adresser où vous ne pouvez être,
Et que je suis tenté de brûler cette lettre!

N'importe, venez vite! Ici, tout vous attend,
Et le fleuve s'ennuie, et l'astre est mécontent,
Et le chardonneret dans les branches s'irrite,
Et le glayeul se ligue avec la marguerite.
Et, si cette saison meurt sans vous voir, hélas!
Vous aurez, tout l'été, des remords de lilas,
Et vous verrez passer, en vos sommeils moroses,
Des ombres de rayons et des spectres de roses!

VIII

Vous ne vous doutiez pas tout à l'heure, en passant
Dans le charmant sentier qui du coteau descend,
Qu'un jeune homme était là qu'enivrait votre grâce.
La haie, où quelque merle en fuyant s'embarrasse,
Me dérobait, tenant un livre interrompu,
Et vous avez passé si près que j'aurais pu,
O chaste et simple enfant qu'un regard effarouche!
Porter avec ma main votre main à ma bouche.
Tout le bois, source, oiseaux, brise, bourdonnements,
Accompagnait le chant de tous vos mouvements,
Et votre ange en ses mains sentait trembler ses palmes
A voir mes yeux de feu fixés sur vos yeux calmes.

IX

L'art n'est pas seulement la réalité. L'art
Se dégrade au niveau de la photographie
En se faisant la froide image de la vie.
L'art n'est pas un miroir, ami, c'est un regard.

L'art ne réfléchit pas la vie, il la pénètre.
L'artiste vit ! Il a sa haine ou son amour,
Il les mêle à l'objet et l'éclaire à son jour,
Et l'on n'est pas Ruysdael pour ouvrir sa fenêtre !

Sophocle est lumineux, Eschyle est fulgurant.
Le même ciel qui rit pour l'un, pour l'autre tonne.

Le poëte refait le sujet monotone
Rien qu'en fixant dessus son œil transfigurant.

Ajoute le poëte au vrai, l'art est la somme.
Et c'est ce qui le fait infini. Centuplés
Tous les jours par tous ceux qui les ont contemplés,
Quelle forêt qu'un arbre et quel peuple qu'un homme !

Esprit, c'est toi qui fais la matière ! Le bois,
A chaque promeneur, sent qu'il devient un autre.
Regarder, c'est créer. Oh ! quel œil que le nôtre !
Tu regardes le ciel et c'est toi que tu vois !

Homme ! le monde, ainsi qu'un serviteur fidèle,
Questionne tes yeux ! et, lorsque nous passons,
L'immensité s'émeut au fond des horizons
Et, frissonnante, attend ce que nous ferons d'elle.

X

La falaise est à pic et donne le vertige;
Et puis, de tous côtés, la mer. Aucun vestige
D'une existence humaine en ces rocs redoutés.
Seul, dans ce lieu sinistre où le monde s'achève,
Un tout petit enfant est assis sur la grève,
Grain de sable englouti dans deux immensités.

Seul, débile, impuissant, — mais où donc est sa mère? —
Ces deux éternités tiennent cet éphémère!
S'il voulait que l'enfant à cette heure pérît,
Le mont n'a qu'à lâcher une miette de roche;
Le farouche océan qui pas à pas s'approche
N'a qu'à pousser encore un flot; — l'enfant sourit.

En effet, la falaise au flanc terrible et sombre
Se penche avec douceur pour lui faire un peu d'ombre
Et l'abriter du vent; l'océan monstrueux
Lèche timidement les pieds du jeune maître.
Falaise, ta fierté fait bien de se soumettre;
Océan, tu fais bien d'être respectueux.

Car ce petit enfant, c'est l'homme! Oui, double gouffre,
C'est celui qui domine et c'est celui qui souffre.
L'aigle est dans son esprit, dans son cœur le vautour.
C'est le fier pic battu de la vague infinie.
Qu'est ta hauteur, falaise, auprès de son génie?
Mer, qu'est ton amertume auprès de son amour?

XI

Hier, comme j'allais en suivant quelque rêve,
Il s'est fait tout à coup un grand vent sur la grève,
Et, le ciel n'ayant plus nulle part un point bleu,
J'ai cru voir l'océan en querelle avec Dieu.
Un orage hâtait et poussait la marée.
Le rivage tremblait. La vague exaspérée
Déchirait rudement son écume aux cailloux,
Comme on déchirerait une robe à des clous,
Et la lune, écoutant ses menaces funèbres,
Était pâle et sinistre et pleine de ténèbres.
D'étranges visions passaient devant mes yeux.
L'océan essayait d'escalader les cieux;

Les anges, le chassant des hauteurs usurpées,
Frappaient, et j'entendais de grands soufflets d'épées.
La fureur de la mer à chaque coup croissait,
Et j'ai cru que, disant enfin ce qu'elle sait,
L'eau révoltée allait révéler à la terre
Le secret de Dieu même et le mot du mystère.
Mais Dieu, mettant le pied sur sa rébellion,
A ployé brusquement sa tête de lion,
Et les flots écumants, contraints de se soumettre,
Ainsi qu'un chien hargneux qui, sous le fouet du maître,
Rentre l'oreille basse au chenil qu'il a fui,
Rampaient terrifiés et se disaient : — C'est lui !

XII

Pendant que je noircis pour vous ces pages blanches,
Madame, l'aube en vain se glisse entre les branches ;
L'aube, qui doucement mêle aux sources du bois
Les notes des oiseaux, gouttes d'eau de la voix,
L'aube divine a beau coller l'œil à ma vitre,
Je ne relève pas mon front de ce pupitre.
Elle peut prodiguer tous ses rayons, j'ai mieux :
Elle n'a qu'un seul astre, et vous avez deux yeux !

Mais voici que soudain une autre aube s'allume !
Si vous saviez, pendant que j'use ici ma plume,

Les enfants de ma sœur, sortis de leur berceau,
Plus purs que le rayon et plus gais que l'oiseau,
Joyeux de se mouiller les pieds à la rosée,
Vont jouant et criant mon nom sous ma croisée.
Et moi, sourd aux enfants comme aveugle aux bois verts
Je reste dans ma chambre à vous faire des vers.

Votre beauté profonde, où mon esprit s'abîme,
Par instants dans ma main fait frissonner la rime;
Car la beauté n'est pas moins fière que la mer,
Et ne laisse pas mieux rimer qu'elle ramer.

XIII

Lorsque l'enfant apprend l'alphabet, alors tous
Les grands livres, latins, hébreux, anglais, hindoux,
Les chefs-d'œuvre de France et les merveilles grecques,
S'émeuvent sourdement dans les bibliothèques.
La mamelle éternelle a soif du nourrisson !
Rabelais invisible assiste à la leçon ;
Virgile dit tout bas une bonne parole
Au pauvre petit être en cage dans l'école ;
Sophocle ne veut pas que son fils soit grondé
Et, penché sur le banc, lui souffle A B C D ;
Molière et Cervantès sont derrière ses maîtres ;

Quand l'écolier commence à connaître ses lettres,
Juvénal lui sourit, et Plaute avec amour
Le baise, et Calderon bat des mains; et, le jour
Où sous son doigt la lettre à la lettre s'enchaîne,
Homère dans les cieux tressaille comme un chêne
Joyeux de sentir vivre un nid dans ses rameaux ;
Et quand il passe enfin des syllabes aux mots,
Eschyle le contemple et Lucrèce l'admire,
Et Shakspeare ébloui dit à Dante : Il sait lire !

XIV

A MA SŒUR

Un de tes jumeaux t'a quittée !
Il avait ses ailes d'oiseau,
Et la colombe est remontée
Sans avoir bu presque au ruisseau.

Quoi ! cette aurore, évanouie !
Parti si tôt, et parti seul,
Ce front rose dont on essuie
Le baptême avec le linceul !

Les félicités sont amères.
Il ne faut pas croire au ciel bleu.
Dieu prête les enfants aux mères,
Les mères les rendent à Dieu.

XV

A L'AUTRE JUMEAU

Tu vivais tant! Toujours dans le bois qui t'invite,
Et jamais fatigué, haïssant de t'asseoir,
On avait tant de peine à t'endormir le soir,
Et ton sommeil d'oiseau se réveillait si vite !

Tes nuits s'inquiétaient d'une haleine de l'air,
Comme un canot tressaille encore dans la crique.
Chargé de vie, hélas! ton repos électrique
Laissait à tes yeux clos trembler un vague éclair.

Et l'aube te faisait toutes paupières vaines,
Et la maison riait, cher bruit aux cheveux d'or,

De sentir aussitôt dans l'étroit corridor
Circuler ta gaîté, ce pur sang de tes veines.

Ah! maintenant, tombé dans l'ombre au premier pas,
Couché depuis trois jours sous cette pierre lourde,
Ah! dormeur obstiné, la tombe est donc bien sourde
Que ta mère ainsi crie et ne t'éveille pas!

XVI

A PAUL M.

Nous étions deux enfants; moi, j'arrivais; nous n'eûmes
Qu'à nous trouver ensemble, et nous nous reconnûmes.
Nous fûmes aussitôt des amis de longtemps.
J'eus une fluxion de poitrine à vingt ans ;
Tu ne t'en souviens pas puisque tu l'as soignée ;
Moi, je me la rappelle ! O ma vingtième année !
Deux rayons de soleil la dorent dans mon cœur;
L'un des deux, c'est toi, Paul. La fièvre et la langueur
M'épuisaient; tu venais; tu quittais tout, famille,
Travail, amusements, le vert printemps qui brille ;
Pour me désennuyer, tiens, tu m'as lu *Mauprat*.
J'étais impatient, brusque, exigeant, ingrat ;

Si tu ne venais pas à la minute dite,
Si quelque affaire urgente ou bien quelque visite
T'avait mis en retard un peu, quand tu montais
Haletant, inquiet, tendre, je t'insultais,
Et je te reprochais ton zèle de la veille.
Ta bonté souriait et te fermait l'oreille,
Et, comme je souffrais, tu me donnais raison,
Et ton remercîment ce fut ma guérison !

XVII

LEUR MARIAGE

Ainsi, c'était pour lui que tu venais au monde!
C'était pour lui ta grâce et ta beauté profonde
      Et les dons par monceau
Dont, en leur qualité de fée et de génie,
Ton père glorieux et ta mère bénie
      Ont doté ton berceau!

C'est pour Charles — tu vois aussi comme il t'adore ! —
C'est pour lui que l'amour avait, dès leur aurore,
  Dans la première fleur
De leur avril, à l'âge où l'âme ouvre son aile,
Marié pour toujours au plus grand la plus belle,
  La meilleure au meilleur !

C'est à mon Villequier qu'il t'avait destinée !
Oh ! comme le printemps sera beau cette année !
  Comme, sous ton regard,
Tout va fleurir autour de la douce demeure !
Et comme l'hirondelle accourra de bonne heure
  Et nous quittera tard !

Oh ! le jardin, le parc, la colline, la plaine,
Les sentiers, les oiseaux dont la feuillée est pleine,
  Comme ils t'attendent tous !
Avec quelle fierté d'être à jamais ton hôte
Le bois va dire au fleuve et la rive à la côte :
  — Sais-tu qu'elle est à nous?

Comme ils seront tous fiers de leur jeune maîtresse !
Comme le fleuve va vous inviter sans cesse
  Aux courses en bateau
Et, quand il te tiendra, de quelle lèvre tendre
Il baisera la main que tu laisseras pendre
  Dans la fraîcheur de l'eau !

Arrive, et tu vas voir quelle reconnaissance !
Car tu vivais ici dans la magnificence
      Des fêtes de l'esprit ;
Paris est plus Paris pour toi que pour une autre ;
La maison qu'aujourd'hui tu quittes pour la nôtre
      Est celle dont s'éprit

L'art souverain, par qui tout s'éternise ; celle
Où ce grand conducteur de l'âme universelle
      Allume son flambeau ;
C'est la maison élue où, criant d'allégresse,
Il rapporte, pareil aux demi-dieux de Grèce,
      La toison d'or du beau !

Cette maison, et tout avec elle, bals, fêtes,
Bruit, serrement des mains illustres des poëtes,
      Théâtres éclatants,
L'orgueil d'entendre dire en passant : C'est sa fille !
Et, partout où tu vas, de voir ton nom qui brille
      Aux yeux des assistants,

Paris pour te garder t'offrait toutes ces choses,
Et, dans le flamboiement de ces apothéoses,
      Dans l'éternel plein jour,
Entre ce fier Paris, parrain de ton baptême,
Qui t'acclame et t'admire, et Villequier qui t'aime,
      Tu préfères l'amour !

Va, ne regrette rien — que ton père et ta mère.
Va, la splendeur du nom est la grande chimère,
      Mais la réalité
C'est l'amour! Et d'ailleurs, jeune astre qui te voiles,
Les plus divins rayons du ciel, ceux des étoiles,
      Sont faits d'obscurité.

XVIII

CINQ MOIS APRÈS

Que t'avions-nous donc fait pour nous les prendre, ô fleuve?
Pour être réveillés ainsi, car nous dormions,
Tant nous étions peu prêts à cette dure épreuve,
Que t'avions-nous donc fait, ô fleuve? nous t'aimions.

Hélas! c'est donc la loi maudite de ce monde
Que toujours nous soyons par notre amour perdus,

Et qu'à toute tendresse une haine réponde,
Et que tous nos baisers soient sûrs d'être mordus ?

Avec quelle ferveur — ô profonde ironie
De l'être inexpliqué sous lequel nous plions ! —
Nous avons désiré qu'elle lui fût unie !
Dieu les a mariés plus que nous ne voulions.

De quoi nous plaignons-nous ? Nous bornions notre rêve
Au lit de noce : ils sont ensemble dans le lit
D'où jamais avant l'autre un époux ne se lève.
Les hommes font des vœux et Dieu les accomplit.

Heureux, trempant leurs mains dans le flot qui les porte,
Par un temps calme, gais et confiants, Seigneur,
Ils ne te demandaient qu'une brise plus forte.
Tu ne leur as pas fait grâce de ce bonheur.

La mort se plaît chez nous. A peine si l'on sèvre
Les deux petits jumeaux, que, pour le noir monceau,
Le destin nous les vient arracher de la lèvre
Et nous fait deux cercueils avec un seul berceau !

Puis, leur père est parti, jeune et fort ; puis, mon père,
Si bon, appartenant toujours à tous, content

De ses fatigues. Tous voulaient porter sa bière,
Et les durs matelots suivaient en sanglotant.

Nous t'avions encor, Charle, et toi, sa douce femme.
Comme une fleur qui reste à l'arbre foudroyé,
Leur frais amour poussait au bois mort de notre âme ;
Nous revivions : un coup de vent a tout broyé !

Ils avaient avec eux dans leur barque ravie
Mon oncle et mon petit cousin, mousse aguerri ;
Adolescents, vieillard, enfant, toute la vie ;
Adolescents, vieillard, enfant, tous ont péri !

Comme un vase brisé notre maison s'épanche.
En combien peu de temps combien de coups reçus !
Ne me demandez pas pourquoi mon front se penche,
Puisque j'ai plus d'amis sous terre que dessus.

Me voici devenu le chef de la famille.
O maison où riait hier leur jeune hymen !
Où l'oiseau niche ! où l'aube à la façade brille !
Le faiseur de cercueils en saura le chemin.

Et trois femmes en noir la font plus solitaire.
Comme leurs jours sont longs, et tristes leurs repas !

Quand je tâche de les distraire et de les faire
Sourire, ma sœur dit : « Alors, ne pleure pas ! »

Et ma mère répond : « C'est ma fosse qu'on creuse. »
Et l'autre mère : « Morte ! ah ! le sort est mauvais !
Quoi ! j'ai pu quelquefois me croire malheureuse
Pendant que je l'avais ! pendant que je l'avais ! »

Car c'est l'iniquité de l'humaine souffrance
Que l'on n'est pas heureux même à tout posséder.
Tous ne suffisent pas à remplir l'existence,
Et le départ d'un seul suffit à la vider !

XIX

Sois ce que tu voudras; choisis ton sort toi-même;
Sois beau, jeune, amoureux de la femme qui t'aime,
Riche, puissant, illustre à remplir l'horizon,
Bien portant; prends ton rêve et fais-en ta maison;
Et, de peur que ton œil par moments ne s'attriste
Des tristesses d'autrui, sois l'immense égoïste
Pour qui tous nos sanglots sont de vaines rumeurs;
N'est-ce pas que la vie est exquise? tu meurs.

Car c'est là qu'aboutit toute chose, ombre ou flamme.
Rien ne te retiendra, ni l'effort de ta femme,

Ni les petits bras nus des enfants à ton cou,

Et tu t'en iras seul personne ne sait où.

Tu t'en iras où vont l'aile noire et la blanche.

Pareils au colibri qui chante sur sa branche

Et que touche déjà la gueule d'un serpent,

Tous les contentements où l'homme se répand,

La beauté, la santé, la jeunesse, la joie,

L'amour qui fond sur nous comme un oiseau de proie,

Le génie allumant aux astres son flambeau,

Chantent dans la mâchoire atroce du tombeau.

XX

CIEL NOIR

J'ai sur un mur de ma chambre
Un cheval de Géricault,
Fier animal qui se cambre
Et qui vous traite de haut.

Le sentiment de sa force
L'emplit tout entier, gonflant,
Sève de sa rude écorce,
Le vaste orgueil de son flanc.

Il est dans son écurie,
Chez lui. Sans bride ni frein.
Une paille blonde crie
Sou son sabot souverain.

Il a l'avoine qu'il aime ;
Son mur regorge de foin ;
Il n'y regarde pas même.
Son maître est bon pour ce soin.

Tout en lui vous dit : Puissance.
C'est la bestialité
Dans la pleine jouissance
De l'âge et de la beauté.

Sa crinière à grands flots baigne
Son poitrail que vient dorer
Un rayon de juin. Il daigne
Permettre au soleil d'entrer.

***

Sur le mur qui lui fait face,
Gît un Christ aux Oliviers,
Accablé, demandant grâce,
Et triste, si vous saviez!

D'une touche brusque et large,
Le grand peintre Delacroix
L'a renversé sous la charge
Du doute, première croix.

Devant cette certitude
Du cheval dressant le col,
Le dieu plein d'inquiétude
Sanglote, épars sur le sol.

Si sa croyance était fausse?
Si, le gibet accepté,
Il ne devait sur sa fosse
Fleurir nulle vérité?

S'il se trompait? Il écoute :
Dieu se tait. Tout s'assombrit.

Le crépuscule s'ajoute
Aux ténèbres de l'esprit. —

Que les clous rompent sa veine;
Il est prêt à la livrer,
Si la triste race humaine
Trouve à s'y désaltérer.

Il s'offrira sans faiblesse.
Croix, fiel, les crachats aussi,
Il veut bien tout, s'il en laisse
Un peu moins pour nous ici.

Mais si, léguant un problème
A nos cœurs irrésolus,
Il n'était pour ceux qu'il aime
Qu'une anxiété de plus ?

Si le dogme qu'il propose,
Loi pour l'un, pour l'autre erreur,
N'allait être qu'une cause
De discorde et de fureur ?

Si, corrompu par le prêtre
Et prêché par le guerrier,

L'Évangile devait être
Un immense meurtrier ?

Question où tout s'abîme !
Tourment pire que la mort,
Qui fait du supplice un crime
Et du martyre un remord !

*
**

Oh ! près de ce dieu qui râle
Gisant sur le sol de fer,
Cette brute qui s'étale
Dans la gloire de sa chair !

Ce doute et cette incurie !
O symbole universel :
La fierté dans l'écurie
Et l'angoisse au seuil du ciel !

*
**

O toi, mer ! âme inquiète !
Mer vaste, énorme, sans tour,

22

Si grande que Dieu t'a faite
Amère comme l'amour !

Puits des larmes qu'ont versées,
Dans leurs rudes châtiments,
Toutes les grandes pensées
Et tous les grands sentiments !

C'est donc vrai, lugubres lames,
Qu'un moindre sort est meilleur,
Et que la taille des âmes
Se mesure à leur douleur !

Grandeur, sombre privilége !
Aux grandes eaux les grands vents.
Leur petitesse protége
Les ruisseaux et les enfants ;

Mais un maître dont l'envie
Est que tout devienne amer
Jette l'enfant dans la vie
Et le ruisseau dans la mer.

L'enfance en chemin laissée,
L'homme encor va, jour à jour,

De la vie à la pensée,
De la pensée à l'amour.

Les astres voient avec transe,
Dans les beaux enfants rêveurs,
S'épanouir en souffrance
Ces penseurs et ces trouveurs,

Total de ce que nous sommes,
Cœurs et supplices géants.
Toutes les larmes des hommes
Vont à leurs yeux océans.

* *
*

Et vous, grandes fiertés blanches,
Monts neigeux, pleins de l'assaut
Des vents et des avalanches,
Solitaires de là-haut

Que le ciel jaloux foudroie
Et dont l'immense pâleur

Regarde ramper la joie
Infime des bourgs en fleur,

Il faut donc nous y résoudre
A la loi dure qui met
Le bien-être en bas, la foudre
Et les gouffres au sommet?

Il faut que l'humaine échelle
Monte du tas des rieurs
A la souffrance mortelle
Des esprits supérieurs?

La gaîté n'est qu'une ébauche,
Une esquisse sans valeur,
Un essai difforme et gauche
Qu'achèvera le malheur.

Frivoles cœurs de coquettes,
Foule, bourgeois bien portants,
Gras troupeau de toutes bêtes,
Vieux enfants de cinquante ans,

Oh! comme, à l'heure marquée,
Le ver vous hache menu

Cette humanité manquée
Qui riait dans l'inconnu !

Dieu les rejette à la fonte
Dans le brasier qui rugit,
Ces plaisirs qui n'ont pas honte,
Ces bonheurs dont il rougit !

La souffrance seule existe.
Avec quel sourd tremblement
L'homme à son horizon triste
Retrouve éternellement

L'âpre cime soufletée
Des noirs cercles que décrit
Le vautour de Prométhée
Autour du gibet de Christ !

***

C'est à vous toutes les cimes,
Vautours, éponges de fiel.
Ah ! ces supplices sublimes
Font des taches d'ombre au ciel !

O destin qui terrifie !
Si monter c'est souffrir mieux,
Que sera donc l'autre vie
Qu'on nous promet dans les cieux?

Quand le tombeau dans son crible
Retiendra nos sens bornés,
A quelle grandeur terrible
Serons-nous donc condamnés?

De quel trône plus sévère
Dieu peut-il nous faire don ?
Et, si l'homme a le Calvaire,
Qu'est-ce que l'ange aura donc ?

Calme-moi, mer gigantesque !
Car j'ai peur, et je te dis
Que l'amour rayonne presque
A côté du paradis !

XXI

EN 1848

Je ne voyais en toi, Paris, que le poëte,
L'artiste, le Phœbus prodigieux qui fouette
Dans le ciel idéal les chevaux rayonnants,
— Quand, sur terre, soudain les pavés frissonnants
Se sont dressés; on a respiré dans la ville
L'orageuse rumeur de la guerre civile;
Et tu m'es apparu, dans la foule qui bout,
Fusil au poing, cartouche aux dents, criant : « Debout !

Debout, tous! » et la foule, avec une huée,
S'est sur la monarchie éperdument ruée,
Et ce que les grêlons peuvent contre la mer
Les balles le pouvaient contre ce peuple amer,
Et, riant des mousquets et des artilleries,
Cette grande colère entrait aux Tuileries,
Et le monde t'a vu, d'un geste d'ouragan,
Jeter la royauté par delà l'océan !

C'est que ce règne avait le gain pour seul principe.
Le roi d'alors semblait être Louis-Philippe,
Mais le roi pour de bon était l'autre louis,
L'argent. Tu veux voter. Es-tu riche? Je suis
Médecin, professeur, journaliste. Es-tu riche?
Non. Tu n'existes pas. Gagne de l'argent, triche,
Vole, pêche à l'égout, l'argent n'a pas d'odeur,
Sois négrier, ou, bah! sans scrupule boudeur,
Mouchard! quand ta bassesse aura dans ta caverne
Vomi le tas qu'il faut au cens, — alors, gouverne,
Fais les législateurs, comment donc! fais les lois,
Pèse de tout ton poids et de tous tes faux poids
Sur ce triste ramas d'humanité damnée,
Sur le pâle ouvrier qui n'a que sa journée,
Sur le chercheur qui n'a gagné depuis vingt ans
Qu'une solution aux problèmes du temps,
Sur le fier écrivain qui n'a que ses chefs-d'œuvre;
S'ils se fâchent ainsi que siffle une couleuvre,

Préserve l'ordre! et fais sabrer par tes spahis
Les gueux qui se croiraient chez eux dans leur pays!
Et maintiens à jamais dans son ignominie
Ce vil rebut, travail, capacité, génie!
Et règne!... — Ah! la rougeur t'en est montée au front,
Paris, et tu t'es dit : « Les pauvres entreront!
Et, si l'on n'ouvre pas, je crèverai la porte! »
Et le trône est tombé comme une branche morte.

Alors, je t'ai connu tout entier. J'ai compris
Que Paris le poëte et le faiseur d'esprits
N'est qu'un de tes côtés, et que ta rêverie
Est sœur de l'action, et que, partout où crie
Un opprimé, partout où le pied des puissants
Broie une créature humaine, tu descends,
Rude, aveuglant les rois du feu dont tu les cribles,
Et que toute torture emplit de pleurs terribles
Tes grands yeux par le ciel de lumière abreuvés,
Et que tu vas et viens des astres aux pavés,
Et que c'est la hauteur de ta nature auguste
Que le prêtre du beau soit le soldat du juste!

J'aurai, mon grand Paris, un cœur digne du tien.
Je sens dans le songeur éclore un citoyen.
Je veux dorénavant suivre tout ton exemple;
Je veux, en même temps que celui qui contemple,

Être celui qui lutte, et mon être s'accroît
Du serviteur de l'art au combattant du droit.
Je ferai, méprisant l'injure et la tempête,
Mon devoir d'homme avec ma tâche de poëte,
Et je réunirai dans le même souci
Ce qui brille là-haut et ce qui souffre ici.

TABLE

TABLE

LIVRE DEUXIÈME.

LIVRE TROISIÈME.

LIVRE QUATRIÈME.

LIVRE CINQUIÈME.

PARIS. — J. CLAYE, IMPRIMEUR, 7, RUE SAINT-BENOIT. — [1743]